십대를 위한 고전문학 사랑방
욕망편

이 도서의 국립중앙도서관 출판예정도서목록(CIP)은 e-CIP홈페이지(http://www.nl.go.kr/ecip)와
국가자료공동목록시스템(http://www.nl.go.kr/kolisnet)에서 이용하실 수 있습니다.(CIP제어번호 : CIP2018015489)

십대를 위한 고전문학 사랑방 – 욕망편

초판 1쇄 발행 2018년 6월 11일

지은이 박진형
펴낸이 윤미정

책임편집 성기병
책임교정 김계영
홍보 마케팅 이민영
디자인 류지혜

펴낸곳 푸른지식 출판등록 제2011-000056호 2010년 3월 10일
주소 서울특별시 마포구 월드컵북로 16길 41 2층
전화 02)312-2656 팩스 02)312-2654
이메일 dreams@greenknowledge.co.kr
블로그 greenknow.blog.me

ISBN 979-11-88370-15-3 44810
978-89-98282-26-4(세트)

십대를 위한 고전문학 사랑방

욕망편

박진형 지음

푸른지식

머리말

고전문학,
욕망에 응답하다

"얘들아. 너희는 무얼 바라니? 욕망하는 것 말이야. 갖고 싶은 것도 좋고, 되고 싶은 것도 좋아. 하고 싶은 것도 괜찮고! 한번 말해볼래?"

어느 가을이었습니다. 수업이 일찍 끝나서 시간이 조금 남았지요. 당시에 이 책을 구상하고 있던 터라 아이들에게 질문을 던졌습니다. '요즘 아이들이 바라는 게 뭘까?' 궁금하기도 하고, 생각도 직접 듣고 싶어서요. 그러면서 전 속으로 생각했답니다.

'음……, 고등학생이니까 성적을 잘 받고 싶다고 하겠지? 아니면 원하는 대학에 진학하는 것?'

'혹시 부자가 되고 싶다고 하지 않을까?'

'아무래도 이성에게 관심이 많을 때이니까 잘생긴 외모나 멋진 몸매라고 할 수도 있겠네.'

과연 아이들은 어떤 대답을 했을까요? 놀랍게도 아무런 반응도 없었습니다. 저는 잠시 충격을 받았지요. '아니, 얘들은 바라는 게 아무것도 없나?' 순간 제 앞의 아이들이 '욕망을 초월한 존재들'인지 의심되었습니다. 뭔가를 물으면 득달같이 대답하던 평소의 모습이 아니었지요.

물론 실제로는 그렇지 않았습니다. 사실은 다들 눈치를 보고 있었어요. 괜히 엉뚱한(?) 대답을 했다가 꼬투리 잡힐까 봐요. 게다가 '욕망하다'라는 말에 대한 좋지 않은 시각도 있었고요. 자기가 바라는 걸 남에게 드러내는 것에 대한 부끄러움과 거리낌도 있었답니다.

하지만 생각해보세요. 모든 사람은 무언가를 바랍니다. 그 '무엇'은 실로 다양합니다. 직장 상사에게 인정받고 싶고, 지금 진행하는 프로젝트도 성공하면 좋겠습니다. 지난달에 산 주식이 계속 올라서 통장에 동그라미도 많아졌으면 해요. 주말에 소개팅 한 그 사람과 잘 되었으면 좋겠고, 내가 사는 세상도 더욱 살 만해졌으면 합니다.

'무언가를 바라는 것desire', 그것은 '욕망'입니다. 여러분이 이 말을 부정적으로 보지 않으면 좋겠어요. 사람은 누구나 욕망하는 존재이고, 욕망이 없었다면 지금과 같은 인류의 발전도 없었을 테니까요.

우리 선조들 역시 욕망했습니다. 욕망의 모습은 시대 상황과 사회적 이념, 개인의 특성에 따라 다양했지요. 그러나 한편으로는 우리와 별반 다르지 않습니다. 예나 지금이나 사람은 인정받고, 사랑을 나누며, 인간답게 살길 원하니까요.

욕망을 아는 것은 결국 인간을 이해하는 것입니다. 그래서 이번 『십대를 위한 고전문학 사랑방』의 주제는 '욕망'입니다. 우리 선조들이 가졌던 욕망들—신분 제약을 벗어나려는 소망, 삶의 가치를 지켜내려는 신념, 세상을 당당히 살아내려는 의지, 사랑과 행복을 찾으려는 용기 등 흥미롭고도 안타까운 이야기를 이 책에 담았습니다.

마지막으로 한 가지 덧붙일게요. 부디 여러분의 욕망을 소중히 여기길 바랍니다. 이것은 우리의 가장 원초적이고 진솔한 마음이니까요. 욕망에 충실할 때 삶은 더 풍요로워질 것입니다. 자, 이제 준비되었나요? 함께 들어가 보지요.

박 진 형

등장인물

'무엇을 가지거나 하고자 간절하게 바람'

사전에 나온 '욕망'의 정의입니다. 사람은 늘 무언가를 바랍니다. 이 강렬한 마음은 우리를 생각하고, 행동하며, 점점 앞으로 나아가게 만들지요.

옛 문학 속 인물들 역시 욕망했습니다. 그들은 노비로 살지 않고자 주인집을 탈출하고, 억압적인 부모로부터 벗어나 자기 운명을 개척했지요. 또한 차별을 극복하기 위해 분투하며, 시련과 고난 속에서도 삶을 꿋꿋이 이어갔습니다. 사랑을 이루고, 믿음을 실천하려는 그 노력은 숭고해보이기까지 하지요. 쌤과 세 친구는 이들의 욕망에 대해 도란도란 이야기를 나눕니다. 때로는 슬프고도 안타깝지만, 때로는 우리를 활짝 웃음 짓게 만들지요. 여기에 여러분도 귀 기울여보길 바랍니다. 이들이 품은 욕망은 곧 우리의 욕망이니까요.

쌤 이 시대의 전기수(傳奇叟, 책 읽어주는 사람)를 꿈꾸는 국어 선생님. 문학을 통해 아이들과 진솔하게 이야기하는 것을 좋아한다.

붕이 통통한 외모에 작은 눈이 졸린 듯하게 보이는 곱슬머리 남학생. 생긴 것과 달리 재치가 뛰어나고 입담이 좋다.

나정 외모와 연애에 관심이 많은 여학생. 진정한 사랑을 꿈꾸는 발랄한 성격의 소유자. 상상력이 풍부하고 특유의 쾌활함으로 주변 분위기를 이끈다.

동구 입을 굳게 다물고 강렬한 눈매로 항상 상대방을 바라보는 남학생. 과묵한 편이지만 지식이 풍부하고 생각이 깊다.

차례

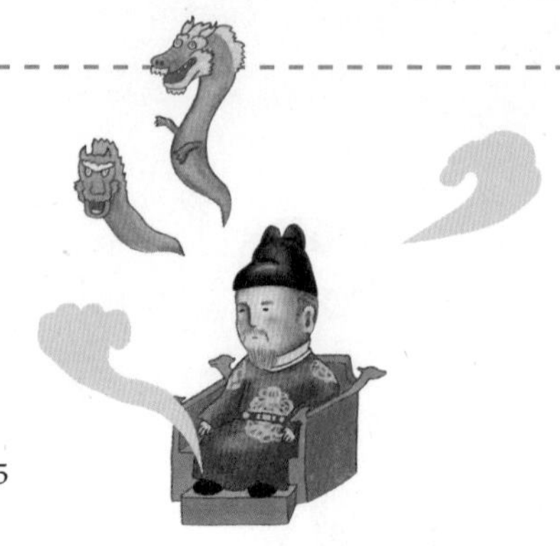

주체성 저는 세상 앞에 당당히 설 것입니다

인생 지향점 나는 내 삶의 가치를 지킬 것이오

진정한 행복 이 사회는 왜 절 불행하게 만드나요?

삶의 원동력이란 무엇일까?
첫째도 욕망, 둘째도 욕망,
셋째도 욕망이다.

스탠리 쿠니츠(Stanley Kunitz,
1905~2006, 미국의 시인)

인정
아무도 알아주지 않는
삶이 무슨 의미가
있단 말인가

짐이 왜 이것을 만든지 그대는 아느냐

<용비어천가>

나정 안녕하세요! 쌤.

동구 오랜만에 뵙습니다, 쌤.

쌤 잘들 지냈나요? 반갑습니다, 여러분. 오늘부터 우리는 고전 작품을 통해 욕망을 살펴볼 겁니다. 무척 흥미로운 주제지요. 혹시 나정이는 무얼 욕망하나요?

나정 네? 무얼 욕망하느냐고요? 음……, 어감이 좀 이상하긴 한데요, 뭐가 있지?

붕이 얼마 전에 모의고사 성적 나왔잖아. 성적표를 든 손이 부들부들 떨리던데……. 성적 올리고 싶은 욕망 없어? 킥킥.

나정 야! 너 맞을래?

쌤 그럼 붕이는 무얼 욕망하나요?

붕이 저요? 너무 많은데요. 저도 성적 좀 올려서 좋은 대학 가고 싶고, 나중에 안정적인 직장을 구하고 싶고, 돈도 많이 벌고 싶어요.

동구 여자 친구도 사귀어야지. 만날 그 얘기잖아.

쌤 하하, 그런가요. 동구는 어때요?

동구 음……, 저는 뭔가 아는 게 많았으면 좋겠어요. 학구열이라고 해야 하나.

붕이 쳇, 혼자 그렇게 말하니까 되게 있어 보인다?

쌤 다들 욕망하는 게 뚜렷하네요. 좋습니다. 성적을 올리고, 돈도 많이 벌고 싶다는 건 출세하고 싶다는 말이겠죠. 이성을 사귀고 싶은, 애정을 갈구하는 욕망도 있고요. 또 뭔가를 배우고 새롭게 알아가면서 좀 더 성숙하고 싶은 욕망도 있습니다.
우리는 모두 욕망을 품고 있습니다. 그리고 이런 욕망을 통해 진정한 인간다움을 엿볼 수 있지요. 자, 첫 시간은 인정받고 싶은 욕망입니다. 작품을 함께 볼까요?

동구 와, 그런데 〈용비어천가〉네요. 이거 어렵지 않나요?

나정 뿌리 깊은 나무는 바람에 아니 뮐세……. 그거 맞지?

동구 맞아, 맞아. 곶 됴코 여름 하나니……. 이렇게 이어지잖아.

쌤 그래요. 다들 한 번쯤은 들어봤을 겁니다. 이 작품에 대해 아는 것 하나씩 말해볼래요?

동구 음, 세종대왕 때 나왔고요, 조선 건국의 정당성을 드러내고자 지었다고 들었습니다.

나정 또 훈민정음을 시험하려는 목적도 있었다고 들었어요.

붕이 음……, 음……, 뭐였더라. 아! 옛날 말이 무지무지 많이 나옵니다.

동구 크크.

쌤 하하, 그래요. 〈용비어천가〉는 전부 125장에 달하는 서사시며, 한글로 된 최초의 작품이지요. 세종대왕이 당시 최고의 엘리트 집단이던 집현전 학자들에게 편찬을 명했고요.

아마 〈용비어천가〉를 모르는 사람은 없을 겁니다. 그러나 이 작품을 제대로 아는 사람도 드물 겁니다. 길이도 긴 데다 어려우니까요. 1445년에 나왔지만, 내용을 이해하기 쉽게 하고자 2년 뒤에 주해(註解, 본문의 뜻을 알기 쉽게 풀이한 것)를 따로 만들기도 했지요.

무엇보다도 학생들이 〈용비어천가〉를 꺼리는 이유는 재미가 없기 때문입니다. 옛날 말만 잔뜩 있고, 겨우겨우 해석해봐도 감동이라곤 찾을 수 없으니까요. 그래서 '뿌리 깊은 나무'라는 구절 한 줄 아는 거로 끝나는 게 현실입니다. 그래도 우리는 좀 더 생각해봐야 해요. 이 〈용비어천가〉가 어떤 내용인지 말이에요. 알고 보면 꽤 재미있거든요. 같이 볼까요?

붕이 넵.

쌤 일단 〈용비어천가〉를 지은 이유부터 풀어갈까 합니다. 세종대왕은 무슨 생각으로 이걸 만들도록 지시했을까요? 아까 조선 건국의 정당성을 알리고, 훈민정음을 시험하려고 지었다고 했는데, 또 다른 이유는 없을까요?

동구 음……, 글쎄요.

쌤 보통은 방금 말한 두 가지를 〈용비어천가〉의 창작 의도로 봅니다. 하지만 우리는 좀 더 자세히 살펴봐야 합니다. 세종대왕은 '왕'입니다. 왕은 권력을 잡아야 인정받을 수 있어요. 그런데 권력은 '관계' 속에서 존재하는 것입니다. 이 점이 무척 중요합니다.

예를 들어볼까요? 지금 붕이 앞에 조선 시대 왕이 앉아 있습니다. '와! 대박이네!'라고 생각하겠지요. 그런데 왕이라도 곤룡포(임금이 입던 정복)와 익선관(임금이 정무를 볼 때 쓰던 모자)을 홀딱 벗겨놓으면 동네 아저씨와 별반 다르지 않습니다. 자연인으로서의 사람은 누구나 비슷하니까요.

그를 임금으로 만드는 건 옆에 고개 숙인 신하와 '전하'라고 부르는 백성일 겁니다. 즉, 다른 사람과의 관계 속에서 임금이 되는 것이지요. 그리고 그런 관계를 좀 더 두드러지게 하고자 곤룡포, 익선관, 옥쇄와 같은 상징물을 동원하는 것이고요.

붕이 음, 이해가 가요.

동구 맞아, 나 혼자 임금이라고 한다고 해서 임금이 되는 게 아니지.

누군가 날 임금으로 인정해줘야 임금이 되는 거지.

쌤 정확합니다. 권력은 '관계의 문제'라는 말이 이제 이해될 겁니다. 그렇기에 권력은 영원하지 않습니다. 관계는 언제든 변하기 마련이니까요. 이게 바로 권력의 본질적 한계죠.

권력은 그 자체를 정당화하려고 끊임없이 노력합니다. 당연하지요. 관계라는 불안정한 틀 위에 놓여 있으니까요. 게다가 세종대왕은 이미 보았습니다. 자기 아버지와 할아버지의 피비린내 나는 권력투쟁을요. 이것도 무척 흥미롭지요.

나정 듣고 싶어요, 쌤.

쌤 세종의 아버지는 태종 이방원입니다. 그의 아버지 태조 이성계에겐 첫째 부인 한씨와 둘째 부인 강씨가 있었지요. 방원은 한씨가 낳은 여섯 아들 중 다섯 번째였습니다. 왕위 계승 서열에서도 한참 아래였죠.

그런데 태조는 둘째 부인 강씨를 왕비로 삼더니, 강씨의 두 아들 중 막내인 방석을 왕세자로 책봉합니다. 맨 아래가 후계자로 결정된 셈이니, 한씨의 아들들로서는 어이가 없었겠지요. 그래서 그들은 손을 잡고 강씨의 두 아들을 살해합니다.

동구 이게 '왕자의 난' 맞지요?

쌤 그래요, 정확히 말하면 1차 왕자의 난이지요. 이제 왕세자는 한씨의 여섯 아들 중 둘째인 방과가 됩니다. 첫째는 일찍 죽었거든요. 태조의 뒤를 이어 방과가 왕위에 오르는데, 그가 바로 조선의 제2대 왕인 정종입니다. 그러나 허수아비 왕에 불과했습니다. 왕위를 노리는 경쟁자는 두 명, 바로 넷째인 방간과 다섯째인 방원이었지요. 이들은 무력 충돌을 일으킵니다. 그 결과 방원이 승리하고, 방간은 귀양 가게 되지요. 바로 2차 왕자의 난입니다. 정종은 등극한 지 불과 2년 만에 왕위를 동생 방원에게 물려주지요. 이게 바로 세종의 아버지, 태종 이방원의 이야기입니다.

붕이 참으로 극적이네요.

쌤 게다가 세종의 할아버지인 태조 이성계는요? 무인이었던 이성계는 위화도 회군으로 고려를 무너뜨립니다. 요즘으로 치면 쿠데타죠. 군부가 권력을 잡고 정권을 뒤집었으니까요. 역성혁명은 한 왕조가 다른 성씨姓氏의 왕조로 교체되는 것을 의미하는데요, 이 사건으로 이씨李氏가 왕가를 이룬 조선이 건국됩니다. 하지만 나라를 건국했다고 모든 게 끝나는 건 아닙니다. 아니, 이제 시작이었지요. 쿠데타로 잡은 정권은 기반이 미약합니다. 끊임없이 정당성 문제가 제기되지요. 게다가 밖으로는 중국과의 외교 문제가 있고, 내부에도 권력층 간의 갈등, 공신 책정 문제 등이 있으니까요.

동구 음.

쌤 세종이 등극한 건 조선이 건국된 지 불과 27년밖에 되지 않았을 때입니다. 여러 어려움을 해결하려면 무엇보다 권력을 강화

하는 것이 중요했습니다. 권력은 관계 속에서 성립한다고 했지요? 게다가 칼이 아닌 글로써 권력을 세우려면 뭔가 특별해야 합니다. 그렇기에 하늘로부터 인정받은 존재임을 보여줘야만 했지요. 가급적이면 역사적 근거를 들어서 말이에요. 〈용비어천가〉 1장은 그렇게 시작합니다.

해동 육룡이 날아서 일마다 천복이시니
고성이 동부하시니

붕이 무슨 뜻인가요?

쌤 해동海東은 조선이고요, 육룡六龍은 여섯 마리의 용으로 세종대왕의 조상 여섯 사람을 뜻합니다. 붕이네 가계도를 보면 붕이의 아버지, 그 위의 아버지, 그 위의 아버지……, 이렇게 올라가잖아요.

나정 과연 그 꼭대기에 뭐가 있을까요? 혹시 붕붕이? 붕붕카? 호호.

붕이 헐, 나를 놀리는 건 참아도 내 조상님을 놀리는 건 못 참는다! 그럼 너의 조상님은 나초였냐?

동구 크크.

쌤 자자, 계속 볼게요. 여섯 명의 조상이 하는 일마다 천복天福, 하늘이 내려준 복을 받았다고 하네요. 고성古聖은 중국의 훌륭한 왕들인데 이들과 동부同符, 즉 똑같다고 말하지요. 여기에 대해

선 조금 있다가 생각해볼 거예요. 다음은 2장으로 〈용비어천가〉에서 가장 유명한 구절입니다.

뿌리 깊은 나무는 바람에 아니 흔들리므로 꽃 좋고 열매 많으니
샘이 깊은 물은 가뭄에 아니 그치므로 강이 되어 바다에 가나니

나정 이건 알아요. 뿌리 깊은 나무, 샘이 깊은 물처럼 조선이 계속 발전하리라는 뜻이지요.

동구 바람이나 가뭄 같은 내우외환에도 흔들리지 않겠다는 의미고요.

붕이 이야, 너희들 예습해왔냐? 대단하네.

쌤 잘 아네요. 2장은 순우리말로 이루어져서 〈용비어천가〉에서 문학적 가치가 가장 높은 부분이지요. 조선이 굳건하길 바라는 마음이 드러납니다.

이제 3장부터 125장까지는 모두 같은 형식입니다. 앞 절에선 중국의 사적(史蹟, 역사적 자취)을, 뒷 절에선 이에 상응하는 조선왕조의 사적을 담아 표현하지요. 하나 살펴볼까요?

(금나라 태조가) 골목에 말을 지나게 하시어 도둑이 다 돌아가니, (한 길 아니라) 반 길 높이인들 다른 사람이 지나겠습니까?
(이 태조가) 돌 절벽에 말을 올리시어 도적을 다 잡으시니, (한 번 아니

라) 몇 번을 뛰어오르게 한들 남이 오르겠습니까?

- 제48장

전쟁이 일어나서 많은 적이 금나라 태조의 뒤를 쫓아왔습니다. 마침 태조는 좁은 골목에서 길을 잃었지요. 게다가 앞에는 한 길(2.5m)이나 되는 절벽이 있습니다. 절체절명의 위기지요. 하지만 태조는 말을 채찍질해 절벽을 뛰어넘습니다. 적이 더는 쫓아오질 못하지요.

마찬가지로 고려 우왕 때 왜적이 남쪽 해안에 쳐들어온 일이 있습니다. 당시 장수였던 이성계가 적을 토벌하자 왜적은 산 위 절벽으로 올라가 끝까지 저항했지요. 그러나 이성계가 누굽니까? 그는 칼등으로 말을 쳐서 한달음에 절벽 위로 올라가 모든 적을 섬멸합니다. 두 이야기 모두 초인적 용맹함이 잘 드러나지요.

여러분도 알다시피 〈용비어천가〉에선 중국 제왕과 여섯 명의 조상이 걸어온 영웅적 행적을 대구 형식으로 표현합니다. 여기서 문제! 왜 이렇게 둘의 공통점을 드러낼까요?

붕이 음, 우리도 중국에 꿀리지 않는다는 걸 표현하려고?

나정 야, 꿀리다가 뭐냐, 꿀리다가. 어휴.

쌤 동구는 어떻게 생각해요?

동구 음……, 당시에 중국은 큰 나라였잖아요. 학문이나 제도 등 모든 면에서 기준이 되었겠지요. 대구라는 건 결국 비교해서 나열하는 건데, 그런 중국의 제왕과 조선을 세운 임금을 대등하게 표현하여서 결국 조선 건국이 정당했다는 걸 드러내는 게 아닐까요?

쌤 정답입니다. 짝짝.

나정 근데 아까 3장부터 125장까지 이런 이야기라고 하셨잖아요. 이런 역사적 사건을 하나하나 다 찾아 쓴 거예요? 중국이랑 비교하면서요?

쌤 그래요, 매우 힘든 작업이었지요. 실제로 이 작품을 쓰기 전에 세종은 민간에 사람을 보내 육조(六祖, 여섯 조상)의 찬양할 만한 일화를 채집해오도록 명합니다. 그리고 그 일화를 모아 중국 제왕의 행적과 일일이 맞추는 작업을 한 것이죠.

물론 여기에 역사적 사실만 담은 건 아닙니다. 여진족으로부터의 피란을 돕고자 하늘이 바닷물을 열어주었다는 일화(20장), 노루 여섯 마리와 까마귀 다섯 마리를 화살 하나로 맞추었다는 일화(86장), 덤벼드는 호랑이를 한 손으로 쳐내고 싸우는 황소를 두 손으로 잡았다는 일화(87장) 등 그 예는 많지요.

붕이 에이, 무슨 바닷물을 열고 호랑이를 한 손으로 이겨요! 완전히 다 뻥 아니에요?

쌤 하하, 왜곡과 과장이 없을 순 없었지요. 하지만 어떤 작품을 볼 때는 그 이면도 함께 보아야 합니다. 즉, 그렇게 하면서까지 이 작품을 남긴 이유를 말이에요.

사람은 누구나 인정받길 원합니다. 물론 임금도 예외는 아니에요. 세종은 인정받고 싶었고, 또한 인정받아야만 했습니다. 조선이라는 나라를 이끌어가는 데 왕으로서 인정받지 못한다면, 그 어떤 일도 해낼 수 없으니까요. 결국 〈용비어천가〉는 왕조의 위대함을 과시하고 건국의 정통성을 내세우는 내용을 담았지만, 그 바탕에는 인정받으려는 욕구가 강하게 담겼다고 할 수 있습니다. 이를 통해 권력도 강화해야만 했고요.

인정은 단순히 자식이 부모에게 원하는 칭찬이나 학생이 교사에게 바라는 관심만이 아닙니다. 그것은 국가를 이끌어가는 데 절대적인 요소이기도 하지요. 그 절실함이 이 작품에서도 읽히지 않나 생각합니다. 지금까지 인정의 관점에서 〈용비어천가〉를 살펴보았습니다. 오늘은 이것으로 마칩니다.

나정 감사합니다.

쌤의 한마디 

"인간에게 있는 본성 중에서 가장 강한 것은 타인에게 인정받기를 갈망하는 마음이다." 근대 심리학의 창시자로 알려진 미국의 심리학자 윌리엄 제임스(William James, 1842~1910)가 남긴 말입니다. 왕도 예외는 아닙니다. 백성에게 인정받지 못하는 국가는 사상누각沙上樓閣에 불과하지요. 언제라도 무너질 위험이 따르니까요. 〈용비어천가〉는 굳건한 토대를 바라는 강렬한 의지를 담았다고 볼 수 있답니다.

〈용비어천가〉,
조선 건국의 정당성과 왕조의 번영을 노래하다

〈용비어천가〉는 훈민정음으로 기록한 최초의 작품이자 우리나라 최초의 장편 서사시입니다. 새로 만든 문자에 국가의 권위를 부여했다는 점에서도 큰 의의를 지니지요.

그 제목은 본래 주역周易에서 유래한 말인데요, '시승육룡이어천(時乘六龍以御天, 때로 여섯 마리의 용을 타고 하늘로 오른다)'이라는 건괘乾卦 풀이에서 가져왔지요.

예로부터 용은 신령한 존재였습니다. 현실에 존재하지 않으며 엄청난 힘을 지녔지요. 그렇기에 힘과 권력이 있는 제왕을 뜻했습니다. 이런 용이 하늘을 날았다는 것은 영웅이 임금의 자리에 올랐다는 말입니다. 또한 어천御天의 어御는 '바른길로 나아가게 하다'라는 뜻으로, 천명天命에 맞게 처신한다는 의미지요. 결국 〈용비어천가〉는 용이 날아서 하늘을 본받아 처신한다는 뜻으로, 여섯 명의 왕이 조선을 세운 것을 신격화한 표현이라 볼 수 있습니다.

이 작품에서 눈여겨볼 건 마지막인 125장입니다. 앞부분이 왕조의 사적을 찬양하는 내용이라면, 이 부분은 조금 다릅니다. 잠시 볼까요?

천 년 전에 미리 정하신 한강 북쪽 땅에, 여러 대에 걸쳐 어진 덕을 쌓아 나라를 여시어, 점지받은 왕조의 운수가 끝이 없으시니, 훌륭한 왕손이 대를 이으셔도 하늘을 공경하고 백성을 다스리는 데에 부지런히 힘쓰셔야, (왕권이) 더욱 굳건할 것입니다.

임금이시여, 아소서. 낙수洛水에 사냥하러 가 있다가 할아버지만 믿으시겠습니까?

이것을 이해하려면 중국의 고사古事를 알아야 합니다. 하夏나라 우왕의 손자인 태강왕은 할아버지 우왕의 덕만 믿고 나라를 돌보지 않았지요. 낙수에서 사냥하느라 100일 넘도록 궁에 돌아오지 않다가 결국은 폐위됩니다. 이처럼 선조의 덕만 믿고 백성을 돌보지 않으면 민심을 잃을 수도 있다는 점을 이야기하는 것이죠. 육조가 천명을 받아 세운 조선이란 나라를 후대 왕이 망치는 일이 없어야 한다고 간곡히 당부하는 셈입니다.

아! 세상이 알아주지 않아도 슬퍼하지 않기를

<최고운전>

나정 쌤! 오늘 배울 작품은 제목이 참 좋아요.

쌤 아, 그런가요? 어떤 면에서요?

나정 사람 이름 같은데, 마음에 쏙 들어요. 이름에 '최고'라는 말도 있고, '고운'이란 말도 있으니까요. 게다가 '최고 고운'이라고 풀어 쓰면 꼭 저를 가리키는 것 같거든요! 호호.

붕이 맙소사, 고전 문학을 배운다는 애가 날이 갈수록 어쩜 저리 경박해지지?

나정 헐, 농담도 못 하냐? 아침부터 분위기 좀 밝게 하려고 한 거잖아. 참고로 넌 '최고 미운'이다.

동구 크크.

쌤 하하, 그래요. 나정이 센스가 넘치네요. 방금 말한 것처럼 '최고운'은 사람 이름입니다. 여기서 문제를 내지요. 통일신라, 6두품, 빈공과賓貢科. 이와 관련한 사람이 누구인지 아나요? 다들 한 번쯤 들어보았을 것 같은데.

동구 최치원崔致遠입니다!

쌤 정답!

붕이 오.

쌤 이 작품을 이해하려면 최치원의 삶을 알아야 해요. 857년, 신라 말기에 태어난 최치원은 열두 살에 당나라로 떠납니다. 아들을 먼 곳으로 유학 보내면서 아버지는 당부하지요.

> 그곳에 가서 10년 이내에 과거에 합격하지 못하면 내 아들이라고 하지 말거라. 나 역시 아들이 있다고 하지 않을 것이다.

붕이 뜨악.

나정 헐, 완전 부담스럽네요.

쌤 그렇지요? 아버지가 이렇게 말한 건 이유가 있습니다. 당시 최씨 집안은 학문으로 이름이 높았지만, 6두품이라는 신분적 한계가 있었습니다. 아버지의 말에는 한恨이 담겼지요. 최치원은 비장한 마음으로 신라를 떠납니다. 그리고 필사적으로 공부해

6년 만에 빈공과(당나라에서 외국인을 상대로 한 과거 시험)에 합격합니다. 그것도 장원으로 말이에요.

최치원은 황소의 난(중국 당나라 말기에 일어난 농민반란) 때 〈토황소격문討黃巢檄文〉을 지으며 황제로부터 글솜씨를 인정받습니다. 그리고 17년간의 유학 생활을 마치고 귀국하지요. 하지만 신라의 태도는 싸늘했습니다. 아무도 최치원을 중용하지 않았어요. 6두품은 17관등 중 6등위 아찬阿飡까지만 올라갈 수 있었으니까요.

최치원은 필사적이었습니다. 〈시무십여조時務十餘條〉를 지어 자신의 기량을 펼치고자 했지요. 그러나 귀족으로부터 배척되며 변방을 전전할 수밖에 없었습니다. 그렇게 망해가는 조국을 지켜보아야만 했지요.

동구 음……, 안타깝네요. 외국에 나가 1등까지 했는데 고국에서는 버림받다니요.

쌤 그래요. 〈최고운전〉은 최치원을 모델로 한 작품입니다. 최치원의 삶을 소설적 상상을 통해 펼쳐낸 것이에요. 자, 함께 보지요.

신라 시대의 최충은 문창읍의 수령으로 부임하게 됩니다. 그런데 걱정입니다. 그곳에 부임한 사람 중 아내를 잃어버린 사람이 벌써 수십 명이나 된다는 괴이한 이야기를 들었기 때문이에요. 이런 일을 방지하고자 최치원은 아내의 손에 붉은 실을 묶어놓습니다. 혹시나 아내가 사라지더라도 실을 따라 찾아가면 되리라고 생각했지요.

하루는 갑자기 먹구름이 일더니 천지가 어두워지며 비바람이 몰아칩니다. 곧이어 벼락이 떨어지자 모든 사람이 놀라 정신을 잃었지요. 이윽고 바람이 그치고 날이 개었는데, 방 안에 있던 최충의 아내가 사라진 겁니다. 놀란 최충은 붉은 실을 따라 큰 바위 안으로 들어갑니다. 그리고 그곳에서 놀라운 광경을 보게 되지요.

나정 어떤 광경이요?

쌤 어떤 금돼지가 최충 아내의 무릎을 베고 누워 있는 겁니다. 또 그 앞에서 수십 명의 미녀가 악기를 연주하는데, 이들은 대대로 이곳에 부임했던 수령의 아내였지요.

나정 헉, 금돼지라니. 근데 왜 갑자기 붕이 얼굴이 떠오르지?

붕이 뭐? 그런 어이없는 상상은 그만 좀 할래?

쌤 자, 최충은 사슴 가죽을 씹어서 금돼지의 머리 뒤쪽에 붙입니다. 돼지의 약점을 엿듣고 그대로 한 것이죠. 그러자 금돼지는 곧바로 죽습니다.

무사히 아내를 데려온 최충. 하지만 시간이 흘러 아내가 아기를 낳자 이상한 생각이 듭니다. 그 아기가 금돼지의 자식이 아니냐는 의심이 든 것이죠. 이에 최충은 시비를 시켜 아기를 길가에 버리도록 합니다.

나정 헐, 말도 안 돼. 아기를 버리다니요.

동구 그러게.

쌤 기아(棄兒, 아이를 버림) 모티프가 활용된 것이죠. 주몽 신화에서 알로 태어난 주몽이 버려진 것처럼 말이에요.

그런데 이 아이는 보통 존재가 아닙니다. 길 위에 죽은 지렁이를 보고 '일' 자一字라 하고, 죽은 개구리를 보고는 '천' 자天字라 하지요. 동물을 보고는 비슷한 모양의 글자를 스스로 터득한 겁니다.

몇 달이 지나자 아이는 홀로 바닷가를 거닐며 모래 위에 글을 씁니다. 우는 소리 역시 글 읽는 소리로 대신하지요. 이에 최충은 사람을 시켜 아이를 데려오고자 합니다. 하지만 아이는 다음과 같은 말로 집에 가기를 거부하지요.

"부모님이 처음에 나를 금돼지의 자식이라 하여 내다 버리시고, 이제 와서 마음이 부끄럽지 않으신지 왜 나를 보고자 하시는고. …… 만약 (내가) 금돼지의 자식이라면, 이목구비耳目口鼻가 금돼지와 같지 아니하고 사람과 같겠는가. 아버님께서 나를 자기 자식이라 하지 않으시고 길에다 버렸으니, 내가 무슨 면목으로 부모님을 보겠소? 만약 강제로 나를 보시고자 한다면, 마땅히 바다로 들어가 섬으로 가겠소."

붕이 어머, 애가 어쩜 저렇게 말을 잘하죠?

쌤 그래요, 참으로 신기한 존재지요. 자기 행동에 부끄러움을 느낀 최충은 아이를 위해 커다란 누대樓臺를 지어줍니다. 그러자 하늘에서 수천 명의 신선이 내려와 아이에게 글을 가르쳐주었지요.

밤마다 아이가 글 읽는 소리는 저 멀리 있는 진나라 황제秦皇帝의 귀까지 들렸습니다. 황제는 그 재주를 시험하고자 신하를 보냈으나 도무지 대적할 수 없었지요. 신라에 글 잘하는 선비가 중국보다 훨씬 많다는 말에 황제는 발끈합니다. 그래서 석함(돌로 만든 상자)에 달걀을 봉해 넣고, 이 물건이 무엇인지 시를 지어 바치라고 신라에 보내지요. 그러지 못한다면 곧바로 침공하겠다고 위협하면서요.

이제 신라에서는 난리가 났습니다. 엑스선이 있는 것도 아닌데, 밀봉한 상자 안에 뭐가 있는지를 어찌 아나요. 한편 소문을 들은 아이는 승상의 집에 종으로 들어갑니다. 그리고 자기가 석함에 들어 있는 물건을 맞추겠다고 하지요. 다만 한 가지 조건을 제시합니다. 먼저 승상의 딸과 혼인하게 해달라고요.

나정 어머.

쌤 꽤 당돌한 요구지요. 하지만 아이의 재능을 알았던 승상은 고민을 거듭하다가 결국 아이를 사위로 맞이합니다. 국운國運이 달린 절체절명의 위기였으니까요. 이제 아이는 곧바로 시를 짓습니다.

둥글고 둥근 함 속의 물건은(團團石函裡)

반은 희고 반은 노란데(半白半黃金)

밤마다 때를 알아 울려 하건만(夜夜知時鳴)

뜻만 머금을 뿐 토하지 못하도다(含情未吐音)

이 시는 신라왕을 거쳐 중국 황제에게 보내지지요. 황제는 마지막 두 줄이 이상하다면서 석함을 열어보고는 크게 감탄합니다. 석함 안에는 달걀을 깨고 나온 병아리가 있었거든요.

붕이 와, 예지력 상승이네요.

쌤 황제는 신라에 저토록 재능 있는 인물이 있다는 게 놀랍고도 궁금했지요. 한편으로는 소국이 대국을 얕잡아 볼까 봐 걱정되기도 했습니다. 그래서 시를 지은 이를 불러들입니다. 이제 아이는 '최치원'이란 이름을 스스로 짓고 중국으로 향하지요.

중국에 도착한 최치원은 황제의 시험을 통과하고, 그 재능을 인정받아 문신후文信候에 봉해집니다. 황소의 난이 일어나자 한 편의 시로써 적을 제압해 황제의 은총을 받지요. 그러나 권력이 오르면 오를수록 적은 더 많아지는 법입니다. 황제의 총애가 계속되자 주위에서는 모함이 끊이지 않지요. 최치원은 결국 중국을 떠나 신라로 돌아옵니다.

동구 음.

쌤 이제 금의환향할 수 있을까요? 글쎄요, 치원이 말을 타고 서울

동문 밖에 이르렀을 때 마침 밖에서 사냥을 마치고 돌아오던 신라 왕과 마주치는데요, 왕은 치원을 크게 꾸짖으며 말하지요.

"그대가 국왕 앞에서 말을 타고 지나간 죄는 마땅히 죽어야 하겠으나, 나라에 공이 많은 것을 생각해서 용서해주거니와 이후로는 이런 짓을 하지 말라."

나정 어머, 중국에서 무사히 돌아온 건 칭찬도 하지 않고, 죽을죄를 지었다고 혼내는 건가요?

붕이 국위선양하고 온 건데 속도 참 좁네.

쌤 그래요, 큰 잔치를 열어 대접하고 벼슬을 줘도 모자랄 판에 쫓아낸 거죠. 치원이 집으로 가보니 승상은 이미 세상을 떴습니다. 그는 아내와 함께 가야산으로 들어가지요. 이렇게 작품은 끝납니다.

우리는 이 작품이 나온 배경을 좀 더 생각해봐야 합니다. 역사적으로 조선은 중국과 사대事大 관계였습니다. 군사력, 경제력 모두 열등했기에 중국을 섬겨야 했지요. 매년 조공을 바치고, 새로운 임금이 즉위할 땐 형식적으로나마 명나라의 허락을 받아야 했습니다.

물론 조선은 그 속에서 나름의 실리를 챙기고자 노력했습니다. 국가 안보를 보장받고, 조공의 답례로 이득을 얻기도 했지

요. 그러면서 점점 우리 주체성을 강조하고, 중국과 대등해지고자 하는 태도도 나타납니다. 일종의 반중화反中華 의식이 싹튼 것이죠.

나정 음, 그럼 이 작품에 그런 생각이 드러난 건가요?

쌤 맞습니다. '우리가 비록 나라는 작지만 너희보다 못한 존재는 아니야!'라고 말하고자 한 것이죠. 그런 의식을 드러낼 인물로 누가 적당할까요? 바로 최치원입니다. 최치원은 당나라에서 과거에 급제해 재능을 드러냈고, 글로써 황소의난을 진압하는 데 큰 공을 세웠지요. 이제 최치원의 명성은 천하에 오르내립니다. 비유가 적절할진 모르겠지만 우리나라 작가가 노벨문학상을 탄 정도로 유명해진 셈이지요.

작품에서 최치원은 중국 황제를 말 그대로 '농락'합니다. 중국으로 가기 전에 최치원은 오십 척(약 15m)이나 되는 모자를 만들어 쓰고 갔는데요, 황제가 그의 재주를 시험하고자 함정을 파놓았지만, 모자가 걸려 문을 통과하지 못하자 치원은 이렇게 비웃지요.

"작은 나라의 문에서도 내 모자가 걸리지 않았습니다. 하물며 대국大國의 문에 제 모자가 걸리다니요?"

그 외에도 치원은 밥 속에 든 독약을 미리 간파하거나, 간신의 말에 귀 기울이는 황제를 꾸짖기도 합니다. 무소불위의 황제가 꼼짝하지 못하고, 중국 역시 톡톡히 망신을 당하지요. '반중화 의식'을 보여주기에 최치원은 최적의 인물이었던 셈이죠.

붕이 그렇군요.

쌤 하지만 이런 최치원도 고국에 돌아와서는 제대로 쓰이지 못합니다. 신분 사회라는 폐쇄적 구조와 개혁을 두려워하는 기존 세력 때문이지요. 능력은 있지만, 오히려 그 능력 때문에 받아들여지지 못한 셈입니다.

동구 그런 시대에 태어났다는 게 참으로 안타깝네요.

쌤 그래요, 인간은 사회적 동물입니다. 그렇기에 인정받는 것이 더할 나위 없이 중요하지요. 실제로 많은 아이가 인정받지 못해서 힘들어합니다. 학교에 가도 교실에서 머릿수만 채운다는 느낌이 들고, 친구나 선생님이 자신을 알아주지 않아 슬프다고 말하니까요.

나정 맞아요. 얼마 전에 친구와 얘기했는데, 그 아이도 자신이 '유령 학생' 같다고 하더라고요.

쌤 솔직히 말하면 쌤도 여러분처럼 교실에 앉아 있을 땐 종종 같은 느낌이 들었었어요. 그런 여러분에게 해주고픈 말이 있습니다. 남의 눈에 어떻게 비치는지로 자신을 결정짓지 않길 바란다는 겁니다. 중요한 건 자신의 가치이지, 다른 사람의 평가가 아니니까요. 그렇기에 자신만의 아름다움을 가꾸어가길 바랍니다.

향기가 더욱 깊게, 또 빛깔이 더욱 도드라지게 말이에요.

만약 쌤이 최치원을 만난다면 꼭 이야기해주고 싶어요. "당신이 이룬 것은 이후 고려의 정치 이념으로 확립되었고, 후대에도 큰 영향을 주었답니다. 천년이 지난 지금도 많은 사람이 당신의 사상을 연구하지요. 그대의 삶은 위대하고 아름다웠습니다."라고요. 오늘은 이것으로 마칩니다.

동구 넵, 감사합니다.

쌤의 한마디 

최치원의 일화는 공자孔子의 삶을 떠올리게 합니다. "나는 내 가치를 알아줄 사람을 기다린다."라고 공자는 말했지요. 하지만 공자를 등용하겠다는 왕은 없었습니다. 공자는 14년간 천하를 유랑하지만, 자신이 꿈꾸던 이상적인 정치를 실현할 기회는 잡지 못하지요. 가장 아끼던 제자 안회도 먼저 떠나보냅니다. 세속적 기준에 비춰볼 때 공자가 성공적인 삶을 살았다고 말하긴 힘듭니다. 그렇다면 공자의 삶을 실패로 봐야 할까요? 글쎄요. 그 누구도 그렇다고 답하진 않을 겁니다. 공자는 인仁과 예禮라는 가르침을 실천하고자 자기 삶에 온 힘을 다했으니까요.

〈최고운전〉,
인정받지 못한 삶에 대하여

이 작품은 조선 시대에 창작된 작자 미상의 소설입니다. 신라 말의 대학자인 최치원의 삶을 형상화했는데요, 당시 힘의 우위를 바탕으로 한 중국의 위협에 맞서 문재文才를 통해 열세를 극복하려 한 점을 주목할 만합니다. 즉, 우리 민족의 우월성을 드러내며 자긍심을 고취했지요.

소설에서 최치원이 12세기에 중국으로 간 것, 글재주가 뛰어났다는 점은 실제 인물과 일치합니다. 또한 세상으로부터 그 재능을 인정받지 못했다는 것도요. 다만 금돼지 설화나 기아 모티프 등은 실제 역사와 차이를 보이지요.

거친 밭 언덕 쓸쓸한 곳에
탐스러운 꽃이 가지를 눌렀네.

장맛비 그쳐 향기 날리고
보리 바람에 그림자 흔들리네.

수레 탄 사람 그 누가 보아주리.

벌 나비만 부질없이 찾아드네.

천한 땅에 태어난 것 스스로 부끄러워

사람들에게 버림받아도 참고 견디네.

최치원이 지은 〈촉규화蜀葵化〉라는 시입니다. 꽃이 그윽한 향을 뿜어내고, 바람에 힘껏 몸짓해도 아무도 자신을 바라봐주지 않습니다. 그 꽃이 천한 땅에서 태어났기 때문이지요.

여기서 꽃은 최치원 본인입니다. 6두품이라는 신분 때문에 최치원은 출세에 한계가 있었지요. 결국 중국에 가서 이름을 날리고 고국으로 돌아왔습니다. 하지만 그 능력 때문에 배척되고 변방을 나돌 수밖에 없었습니다. 최치원은 그렇게 망해가는 조국을 지켜볼 수밖에 없었지요. 이 작품을 쓴 작가 역시 이런 최치원의 생애를 안타까워했던 것은 아닐까요?

신분 상승
그래,
이 굴레를
벗어나련다

평생을 노비로만 살지는 않으려다

<구복막동>

쌤 반갑습니다, 여러분. 응? 붕이는 웬 수저를 들고 있지요?

붕이 앗! 어서 오세요, 쌤.

나정 쌤, 얘 좀 보세요. 붕이가 학교에 자기 전용 수저를 들고 다닌대요. 그런데 꼭 주걱 같지 않나요? 공깃밥을 두 번 만에 다 풀 수 있다고 하네요.

붕이 야, '밥심'이란 말 몰라? 밥의 힘! 공부는 밥으로 하는 거야.

나정 아아, 그러셨구나. 그래서 점심시간마다 세 그릇씩 먹어댔구나. 넌 급식비 더 내야 할 듯해.

동구 그렇게 먹고서 4교시부턴 금방 잠들지. 크크.

쌤 하하, 한창 클 땐 많이 먹어도 됩니다. 그런데 수저를 보니 떠오

르는 게 있네요. 혹시 '금수저', '흙수저'라는 말 들어봤나요?

나정 부잣집에서 태어난 걸 '금수저'라고 하고, 가난한 집에서 태어난 걸 '흙수저'라고 하지 않나요?

동구 맞아. 중간에 '은수저', '동수저'도 있고.

쌤 그래요, 잘 아는군요. 자신이 태어난 집안의 경제력과 사회적 지위에 따라 수저의 색깔을 나누는 것이지요. 사회적 불평등을 얘기할 때 많이 쓰는 용어입니다.

이와 관련해 이번 시간에는 '신분'에 대해 생각해보고자 합니다. 집안의 경제력과 사회적 지위는 선택의 문제가 아닙니다. 누구는 단지 부잣집에서 태어나고, 또 다른 누구는 가난한 집에서 태어난 것 뿐이니까요. 하지만 실제로는 '어디서 태어났느냐'로 자기 인생의 많은 부분이 결정되어버립니다. 여러분도 알다시피요.

동구 공감합니다, 쌤. 생각해보면 참 불합리한 것 같아요. 능력과 노력을 중시하는 현대사회에선 더욱 말이에요.

쌤 그래요, 어려운 문제지요. 이와 관련해 오늘 살펴볼 작품은 〈구복막동〉입니다. 노비가 신분을 세탁한 이야기예요.

붕이 오! 재미있겠다. 얼른 얘기해주세요.

쌤 자, 볼게요. 조선 시대에 송씨 가문이 있었습니다. 비록 양반 집안이지만 거의 몰락한 상태였지요. 과거에 급제한 이도 오랫동안 없었고, 집에는 과부와 어린 아들 송생만 있었으니까요.

한편 이곳에는 막동莫同이라는 젊은 종이 있었습니다. 그런데 어느 날 집안 살림을 도맡아하던 막동이 종적을 감춥니다. 말 그대로 도망쳐버린 셈이지요.

동구 음.

쌤 그렇게 40년이 흘렀습니다. 송생은 중년의 나이가 훌쩍 지났지만, 집안 형편은 계속 어려웠지요. 견디기 힘든 지경이었기에 송생은 강원도에 사는, 안면이 있는 원님에게 몸을 맡기고자 합니다. 고성高城 지역에 이르러 이곳에서 하루 머물기로 하지요.

이 동네에서 가장 부자가 최승지라는 이야기를 들은 송생은 그의 집으로 가서 하룻밤 묵기를 청합니다. 하인이 나와서는 으리으리한 집 안쪽으로 안내했지요. 작은 방을 내어 받아 그곳에 잠자리를 펴는데, 아까 그 하인이 찾아와 말합니다. 주인이 손님을 모셔오라고 했다고요.

하인을 따라 큰 방에 들어서자 그곳에 최승지가 앉아 있었습니다. 최승지는 이마가 넓고 턱이 크며, 눈에선 빛이 나는 노인이었지요. 송생이 꾸벅 인사하자 최승지는 정성껏 송생을 맞이합니다. 둘은 밤늦게까지 이런저런 이야기를 나누지요. 그러다 갑자기 최승지는 좌우를 물리치고 방문을 굳게 걸어 잠급니다.

나정 설마?

쌤 그래요, 최승지가 갑자기 갓을 벗더니 송생에게 절하며 울음을 터뜨렸습니다. 그러고 나서 자기 죄를 벌해줄 것을 청했지요.

송생이 어찌 된 영문인지 몰라 어리둥절해하자 최승지는 그 이유를 설명합니다.

"소인은 댁의 옛 종놈 막동입니다. 상전의 두터운 은혜를 입고도 아무도 모르게 도주하였으니 첫째 죄요, 마님이 홀로 가문을 지키시어 수족처럼 대하였지만 그 성의를 받들지 못한 채 아주 저버리고 말았으니 둘째 죄요, 성을 모칭(거짓으로 꾸며 냄)하고 세상을 속여 외람되게 벼슬을 누렸으니 셋째 죄요, 몸이 이미 영달(지위가 높고 귀하게 됨)하고서도 소식을 통하지 않았으니 넷째 죄요, 서방님이 이곳에 오셨지만 감히 예를 지키지 못했으니 다섯째 죄입니다. 이런 다섯 가지 죄를 짊어지고 어떻게 세상에 얼굴을 들고 다니겠습니까. 서방님이 소인을 꾸중하고 매질하시어 쌓인 죄를 만의 하나라도 씻게 하여주옵소서."

붕이 헐.

쌤 만약 붕이가 송생이라면 이 상황에서 어떻게 했을 것 같나요?

붕이 와, 대박! "에헴! 네가 비록 나의 노비이긴 하지만, 내 넓은 아량으로 용서해주겠다. 대신 우리 집이 좀 가난한 건 알지? 에헴, 에헴."

나정 아휴, 어쩜. 최승지가 무슨 로또냐?

동구 야, 아까 최 '승지'라고 했잖아. 이건 이름이 아니라 벼슬이야.

그것도 정3품이라고.

붕이 헉, 정말? 그럼 엄청 높은 거 아냐?

쌤 맞아요, 엄청 높은 거죠. 송생은 도리어 송구한 마음이 들어 어쩔 줄 몰라 합니다. 먼 옛날에 자기 집 하인이었다곤 하지만, 앞에 있는 사람은 이제 넘을 수 없는 거대한 산과 같으니까요.

송생은 말합니다. 이미 지나간 옛일을 구태여 끄집어내야 하겠느냐고요. 그러고 나서 묻지요. 어떻게 지금의 위치까지 오르게 되었느냐고요. 그 과정은 실로 험난했습니다.

"참으로 길고도 긴 이야기지요. 소인이 어려서 종노릇하면서 가만히 보니 상전댁에 운수가 꽉 막혀서 일생 춥고 배고픈 나날을 보내게 되겠다는 생각이 들었지요. 그때 대략 계획한 바가 있어 도망친 것입니다. 딴에 뜻이 높고 담을 웅대하게 가져서 결단코 남의 종노릇하는 천한 신세로 늙지 않으리라 맹세하였지요. 우선 가짜 최씨로 행세하였는데, 최문은 한미한 양반으로서 당시 무후(無後, 대를 이을 후손이 없음)한 집이었다오. 처음엔 서울에 살면서 돈벌이하여 수년 사이에 몇천 냥을 모은 다음에 영평永平으로 낙향하였습니다. 그때부터 두문불출하고 글을 읽으며 몸가짐을 조심하여 사부의 행실이 분명하다는 향리의 평을 얻었고, 또한 재물을 흩어 빈민의 환심을 사고 접대를 후하게 하여 부호의 입을 틀어막았지요. 한편으로 서울의 한량에게 말과 노복을 화려하게 꾸며 연락부절 내왕케 하되, 유명한 분들의 이름을 모칭하여 고을 사람들이 더욱 믿게 하였지요. 다시 4~5년 후에는 철원으로 이사하여, 거기서도 영평에서처럼 행실을 닦아 철원 사람들로부터 사대부로 대접을 받은 뒤, 지역의 변변치 못한 딸을 맞아들여 재취(두 번째 장가를 드는 것)라 칭했지요. 아들딸을 낳고 잘 살았지만 혹 신분이 발각될까 봐 걱정되어 다시 회양으로 이사하였고, 얼마 후에 또 여기 고성으로 옮겨온 것이지요. 소인의 신분이 이렇게 된 것은 회양 사람들은 철원 사람들에게 묻고, 고성 사람들은 회양 사람들에게 물어, 이런 식으로 말이 전하여져서 그만 갑족(甲族, 훌륭한 집안)으로 추대된 것입니다. 그리고 소인이 명경과에 요행으로 합격하여 승문원에 들어갔다가 정언 · 지평을 거쳐 대홍려로서 통정通政으로 병조 참지와 동부승지에 까지 이르렀습니다…….”

동구 와, 파란만장한 인생을 겪었네요.

붕이 그러게. 흙수저에서 다이아몬드수저가 된 거네.

쌤 하하, 그런가요? 노인의 이야기는 계속되었습니다. 나이 일흔인 그가 한 해에 거둬들이는 곡식은 만 섬이고, 매일 쓰는 돈은 천 냥이나 되었지요. 자식들 역시 원님, 참봉, 성균관 유생으로 다들 출세했습니다. 이제는 더는 바랄 게 없는 높은 지위에 올랐지요.

하지만 마음 한구석이 늘 걸렸습니다. 자기가 떠나온 주인집, 그곳을 찾고 싶었지만 탄로 날까 봐 두렵고 주인집의 어려운 형편을 돕고 싶어도 방법이 없었으니까요. 그런 차에 마침 주인댁 아들이 장성해서 여기를 찾았으니, 이거야말로 하늘이 준 기회가 아니겠느냐고 노인은 말합니다. 그러고는 한 가지 계책을 털어놓지요. 송생을 돕고 싶으나 손님을 갑자기 후하게 대접하면 사람들이 의심할 수 있으니 자기 생각대로 하자고요. 이에 송생은 동의합니다.

다음 날 아침 노인은 집안사람들에게 말합니다. 어제 찾아온 송생과 이야기하다가 그가 자신의 재종질(7촌의 먼 친척 관계)임을 알게 되었다고요. 이에 사람들은 송생에게 인사를 건네며 그를 반기지요.

송생이 떠날 때 최승지는 돈 1만 냥을 건넵니다. 이것으로 집과 땅을 사서 부디 편안하게 살라고 말이지요. 송생은 깊이 감사하며 고향으로 돌아갔지요.

나정 정말 훈훈하네요.

쌤 자, 이야기가 여기서 끝나면 재미없겠지요? 송생이 고향으로 돌아온 후, 이 사실을 알게 된 송생의 사촌 동생은 노발대발합니다. 노비가 양반인 척하다니 말세末世가 다 되었으며, 기강이 무너진 것이라고요. 그는 최승지의 진짜 정체를 폭로하겠다며 고성으로 향하지요.

붕이 허걱.

쌤 하지만 송생은 은혜를 저버릴 수 없었습니다. 송생은 걸음이 빠른 심부름꾼을 보내 최승지에게 이 사실을 미리 알리지요. 물론 최승지는 만반의 준비를 합니다.

나정 과연……?

쌤 최승지는 동네 사람들에게 소문을 퍼뜨립니다. 얼마 전 다녀갔던 송생에게 사촌 동생이 있는데, 곧 이곳에 올 예정이라고요. 그리고 그는 광증(狂症, 미친 병)이 있다고요.

얼마 후 송생의 사촌 동생이 나타나 "최승지는 우리 집 하인이라네! 최승지는 원래 우리 집 하인이라네!" 하고 외쳤지요. 하지만 마을 사람들은 깔깔 웃을 뿐입니다.

동구 완전히 바보가 된 셈이네요.

쌤 그렇죠. 그것으로 끝나지 않습니다. 최승지는 하인을 시켜 그를 꽁꽁 묶은 뒤 곳간에 가둬버립니다. 그리고 한밤중에 큰 바늘을 들고 들어가 그를 푹푹 찌르면서 말하지요.

"내가 송생에게 본분을 지켜 먼저 나의 내력을 솔직히 말했으니, 너도 마땅히 나를 좋게 대해야 옳지 않으냐? 이제 굳이 나의 과거를 적발하여 기어이 파멸시키려 드느냐? 내가 바닥에서 맨손으로 이만한 기틀을 세운 사람인데 너 같은 놈 때문에 실패할 것 같으냐? 원래는 길가에 자객을 보내 너를 해치우려고 했다. 하나 예전 집안의 은혜를 생각해 목숨을 살려둔 것이다. 만약 네가 마음을 고치고 뜻을 달리한다면 너를 부자가 되게 할 수도 있지만, 불량한 마음을 고집한다면 너를 죽이고 말 것이다. 나는 까짓 실수를 저질러서 사람을 죽인 서투른 의원밖에 더 되겠느냐? 너 좋을 대로 정해라."

붕이 와, 무섭다. 가둬놓고 묶어놓고 찔러대고. 협박이 장난 아니네.

동구 과거가 밝혀지면 자기도 끝장이니까. 필사적이네요.

쌤 송생의 사촌 동생은 결국 굴복합니다. 그리고 다음 날 마을 사람들 앞에서 코가 땅에 닿도록 절하고, 이제 자기 병이 다 나았다며 돈 3000냥을 얻어 돌아가지요. 물론 평생토록 이 일을 발설하지 않았다고 합니다. 작품은 이렇게 끝납니다.

방금 붕이가 '협박'이라고 했지요? 물론 그렇습니다. 하지만 쌤은 이게 나쁜 의미의 협박은 아니라고 생각합니다. 돈을 빼앗거나 남을 해치는 짓을 눈감아달라는 건 아니니까요. 오히려 최승지는 은혜를 베풀었습니다. 최승지의 지위와 권력이면 송생의 사촌 동생을 손쉽게 없앨 수도 있었지만, 사촌 동생에게 기회를 준 셈이니까요. 최승지의 대범함과 현명함을 엿볼 수 있지요.

막동은 왜 노비로 있지 않고 최승지가 되었을까요? 그의 말에서도 알 수 있듯 '남의 종노릇하는 천한 신세로 늙지 않겠다.'라는 마음 때문이었죠. 쌤은 여기에 주목하고 싶습니다.

여기 쌤 앞에 세 학생이 앉아 있습니다. 모두 똑똑하고, 능력 있고, 착실한 친구들이지요. 그런데 지금으로부터 불과 300년 전에 태어났다고 생각해봐요. 누군가는 양반의 딸이, 누군가는 중인이나 노비의 아들이 되었겠지요.

붕이 악! 쌤, 예시가 이상해요. 양반의 '딸'이랑 노비의 '아들'이라뇨?

나정 야, 말 그대로 예시일 뿐이잖아. 왜 그렇게 흥분해? 혹시 정말로 네 조상님이? 호호.

쌤 하하, 별 뜻은 없습니다. 만약 그랬다면 이렇게 나란히 앉을 일은 없었겠지요. 고전문학을 배우고, 서로 생각을 이야기하며 함께 커 나갈 기회도 없었을 겁니다. 출생, 그 자체로 대부분이 결정되었으니까요.

우리나라에 신분제도가 공식적으로 폐지된 건 1894년 갑오개혁 때입니다. 미국에서 노예제가 폐지된 건 1865년이고요. 1893년엔 여성의 투표권을 세계 최초로 인정했습니다. 뉴질랜드에서 말이에요. 그 전까지 신분은 '차별'이란 요소를 내포한 채 인류 역사에서 오랫동안 존재해왔습니다.

하지만 생각해보세요. 자기 아버지가 머슴이나 상인이라는 이유로, 피부가 검다는 이유로, 여자로 태어났다는 이유로 자기 꿈과 재능을 펼칠 수 없다면 그 사회는 공정하지 못할 것입니다. 인간은 누구나 존엄성과 가능성을 품고 있으니까요.

동구 공감합니다.

쌤 쌤은 막동을 통해 보았습니다. 출생의 굴레를 벗어나려는 불굴의 의지와 자아실현을 위한 피나는 노력을요. 막동은 조선 시대 사람이지요. 적어도 앞으로의 사회에선 '출생'에 따라 인간의 일생이 결정되어버리는 일이 사라졌으면 하네요. 그런 사회를 만드는 건 쌤과 여기 앉은 여러분 모두의 몫일 겁니다. 마칩니다.

나정 감사합니다!

쌤의 한마디

"인간은 자유인으로 창조되었다. 비록 노예 신분으로 태어난다고 해도 그는 자유인이다." 독일의 시인 프리드리히 실러(Friedrich Schiller, 1759~1805)가 남긴 말입니다. 과거에는 능력이 아니라 출생만으로 개인의 사회적 위치가 정해졌습니다. 그 사슬을 끊으려는 인류의 도전은 지금까지 계속되지요. '자유'를 향한 인간의 강렬한 욕망이 그런 노력을 기울이게 한 건 아닐까요?

〈구복막동〉,
문학을 통해 조선 후기의 변화상을 그리다

〈구복막동〉의 원래 제목은 〈송반궁도우구복宋班窮途遇舊僕〉, '가난한 양반 송씨가 길에서 구복을 만나다.'라는 뜻입니다. 이 작품은 유몽인(柳夢寅, 1559~1623)이 지은 『청구야담靑邱野談』에 실렸는데요, '야담'이라는 말에서도 알 수 있듯이 민간에 전해 내려오던 이야기를 기록한 것이지요.

조선 후기에는 모내기법이 보급되고, 이모작 등 기술이 발달하면서 농업 생산력이 향상합니다. 대동법을 전국적으로 실시하면서 공인貢人이 등장하고, 상업 경제 역시 확대됩니다. 이로 말미암아 부농富農, 부상富商 등 경제적으로 풍요로운 중인 이하의 계층이 등장합니다.

반면에 노비에게는 인간다운 삶이 보장되지 못했습니다. 이들은 재산의 일부로 인식되었으며, 주인의 성향에 따라 인생이 좌지우지되었지요. 당연하게도 이들은 신분제도에 불만이 가득했고, 기회만 주어진다면 자기 신분에서 벗어나고자 노력했습니다.

이런 격동의 시대에 도망치는 노비가 많았습니다. 그들은 상업과 수공업을 통해 부를 축적한 다음, 양반으로 신분을 위장하기도 했지요. 물론 양반 역시 노비를 찾아 몸값을 받아내기도 했습니다. 이런 추노담(推奴談, 도망간 노비를 수색하여 연행해오는 이야기)은 지금도 많이 전하지요.

〈구복막동〉은 조선 후기의 무너져가는 신분제를 잘 보여줍니다. 흥미로운 건 여기에 등장하는 두 부류의 양반입니다. 송생은 최승지가 자기 집안의 노비였다는 걸 알았지만 '이미 지나간 옛일'이라며 현실을 인정하지요. 반면에 송생의 사촌 동생은 이를 인정하지 않고 바로잡겠다며 나섰다가 된통 당합니다. 어찌 되었든 최승지의 현재 신분을 인정하는 것으로 작품은 끝납니다. 작가는 어쩌면 '신분제의 붕괴'가 자유를 향한 인간의 욕망이라는 점을 말하고 싶었던 게 아닐까요?

아니,
나를 도둑놈으로 만들 셈인가!

<양반전>

나정 어라, 너 시계가 바뀌었네?

동구 그러게, 전부 다 금색이네. 굉장히 비싸 보이는데?

붕이 헤헤, 다들 나한테 관심이 많구나.

나정 야, 관심이라기보단 학생이 금색 시계를 차고 다니는데, 그 반짝이는 게 눈에 안 띈다면 더 이상하지.

동구 이거 설마 진짜야?

붕이 얘가 날 뭐로 보고. 내 인생에 짝퉁은 없단다.

동구 나 한 번만 자세히 봐도 돼? 나 시계에 관심이 많거든.

붕이 옜다, 본다고 닳는 거 아니니까 열심히 봐라. 킥킥.

쌤 이야, 멋지네요. 근데 어디서 산 건가요?

붕이 앗, 쌤 오셨어요? 이건요, 저번 주에 강원도 정선에 가족 여행을 갔거든요. 제가 숙소에서 놀 동안 부모님이 강원랜드에 다녀오셨는데요, 근데 웬일로! 아빠가 우연히 '땡긴' 게 무려 열 배나 '맞아서' 대박이 났지요. 아빠한테 졸라서 시계를 선물로 받았답니다. 흐흐.

나정 와, 대박. 근데 '땡겼다'와 '맞았다'가 뭐야? 뭘 '땡겼'는데 열 배가 '맞아'?

붕이 얘야, 그런 게 있단다. 애들은 몰라도 돼.

나정 쳇.

쌤 그렇군요. 기분 좋았겠네요. 근데 강원도 정선이라고 했는데, 거기 아라리촌에도 가보았나요?

붕이 아라리촌이요? 그게 뭐죠? 잘 모르겠는데요.

쌤 그렇군요. 마침 오늘 살펴볼 〈양반전〉의 배경이 바로 강원도 정선이에요. 아라리촌은 정선의 옛 주거 문화를 재현해놓은 곳인데, 이 작품 내용을 흥미롭게 꾸며놓았거든요.

나정 여행 갔다면서 정작 중요한 건 보지도 못했구나. 쯧쯧.

붕이 너 괜히 샘나서 그러는 거지? 그런 느낌이 막 드는데.

쌤 하하. 자, 지난 시간에 '신분'에 대해 생각해보았지요. 〈양반전〉 역시 이와 관련이 있답니다. 옛날에 강원도 정선에 가난한 양반이 살았습니다. 그는 책 읽기를 즐겼고, 신임 군수들이 방문할 만큼 인격이 높았지요. 하지만 경제적으로는 무능했습니다. 아마 환곡還穀이란 말을 들어보았을 겁니다. 나라에서 곡식을 빌려 다 먹는 것이지요. 그런데 그가 빌린 쌀이 무려 1000여 섬에 이른 겁니다. 요즘 단위로 계산하면 약 1800가마니를 빌린 셈이지요.

동구 와, 엄청나게 많네요.

쌤 이렇게나 많이 빌리고도 하나도 갚지 못했다면 문제가 크지요. 지방 관아를 순시하던 관찰사는 이 사실을 알고 노발대발합니다. 그러고 나서 양반을 당장 잡아 가두라고 하지요. 양반은 밤낮으로 울기만 할 뿐, 아무런 대책이 없었어요. 고을의 군수는 이런 양반을 딱하게 여겼습니다.

나정 정말 무능한 양반이네요.

쌤 그렇죠? 한편 이웃에 사는 어느 부자가 이 소문을 듣습니다. 양반 지위를 동경했던 부자는 이 기회를 놓칠 수 없었지요. 부자는 양반을 찾아가 빚을 갚아줄 테니 양반 신분을 달라고 제안합니다. 이에 양반이 승낙하자 부자는 양반 대신 빚을 갚아 줍니다. 사연을 들은 고을 군수는 이런 중요한 일은 반드시 증서로 만들어놓아야 한다면서 사람들을 모읍니다.

자, 이제 공식적인 자리가 마련되었습니다. 군수는 양반 매매 증서에 양반으로서 지켜야 할 행동 규범을 적어주었지요. 한번 볼까요?

"…… 새벽 오경(3~5시)이면 일어나 촛불을 돋우고 앉아서 눈으로는 코끝을 내려다보고 무릎을 꿇어 발꿈치는 궁둥이를 받친다. …… 아무리 더워도 버선을 벗지 않고, 밥을 먹을 때 맨상투 바람으로 먹지 않는다. 밥 먹을 때는 먼저 국부터 마시지 말고 넘어가는 소리를 내지 않는다. …… 화로에 손을 쬐지 않고, 말할 때 침이 튀지 않게 한다. 소를 잡아먹지 않고, 돈 놓고 노름을 하지 않는다. 이러한 100가지 행동이 만일 양반에 어긋남이 있으면, 이 증서를 가지고 관청에 가서 고치게 할 것이다."

만약 누군가 여러분에게 이런 행동 규범을 주고 꼭 지켜야 한다고 말하면 어떨 것 같나요?

붕이 에이, 새벽 다섯 시에 일어나는 것부터가 '오버'예요.

나정 게다가 넌 밥 먹을 때 소리를 내지 않는다는 것도 불가능하겠지? 말할 때 침을 튀기지 않는 것도. 호호.

동구 크크.

쌤 하하, 아무튼 무척 어렵겠지요. 부자는 좋지 않은 표정으로 증서를 한참 보더니 말합니다. 양반이라는 게 이것뿐이냐고요. 자기는 양반이 '신선' 같다고 들었는데 좀 더 좋게 바꿔달라고 말하지요. 그러자 군수는 증서를 다시 작성합니다.

"하늘이 이 백성을 낼 때, 네 종류의 백성을 만들었다. 이 네 가지 백성 중에 가장 높은 것이 선비요, 이것을 양반이라 하는데, 이보다 더

양반증서

좋은 것은 없다. 농사도 짓지 않고, 장사도 하지 않아도 된다. ……
궁한 선비가 되어 시골에 살아도 자기 마음대로 할 수가 있으니, 이
웃집 소를 가져가서 자기 땅을 먼저 갈고, 마을 사람을 불러서 내
밭 먼저 김매게 한다. 이렇게 해도 어느 사람도 욕하지 못한다. 잡
아다가 잿물을 코에 들이붓고, 상투를 잡아매어 벌을 준대도 아무
도 원망하지 못한다."

자, 이번 것은 어떤가요?

붕이 오오, 대박! 굿, 굿.

동구 아니, 남의 것을 마음대로 가져다가 쓰고, 다른 이에게 맘대로
일을 시켜도 된다는 게 말이 되나요?

나정 아, 이 광경을 보니 두 학생이 너무나 비교되네. 역시 학교에선
인성 교육을 강화해야 한다니까!

붕이 야, 야, 장난이잖아. 내가 설마 진짜로 그러겠니? 응?

나정 진짜 맞잖아? 쯧쯧.

쌤 하하, 그래요. 이번 증서는 너무하지요. 그 내용을 듣던 부자
는 곧바로 중지시키고 혀를 내두르며 말합니다. "그만두시오,
그만둬. 맹랑하구먼. 나를 장차 도둑놈으로 만들 작정인가."
하고는 머리를 흔들며 가버렸지요.
이 작품의 등장인물을 생각해보지요. 먼저 양반입니다. 그는
단지 글만 읽을 줄 알았을 뿐, 정상적인 생활을 할 순 없었습니

다. 나라에서 곡식을 빌려다 먹고, 갚지 못해 감옥에 가게 되었을 땐 울기만 했지요. 양반은 현실에 적응하지 못했습니다. 그렇다면 부자는 어떨까요? 한번 얘기해볼래요?

나정 이 사람은 그래도 나쁜 사람 같지는 않아요. 말도 안 되는 증서를 보자 곧바로 중단시켰잖아요.

붕이 음, 그래도 신분을 돈으로 사려는 행동이 바람직하진 않은 것 같은데요?

쌤 사실 부자는 평가가 두 가지로 나뉩니다. 그는 양반에 대한 환상만을 가지고 돈으로 양반 직위를 사려 했지요. 속물적이고 부도덕한 모습을 보입니다. 하지만 양반의 허위의식과 불합리한 행태를 듣고는 매매를 중단하지요. 이를 보면 비교적 건전한 상식을 가졌다고 볼 수도 있습니다. 자, 마지막으로 증서를 두 번이나 써준 군수입니다. 어떤 것 같아요?

동구 글쎄요, 군수에 대해선 별로 생각해보지 않았는데……. 그냥 신분 매매를 중재하는 인물 아닌가요?

쌤 보통 양반과 부자한테만 주의를 기울이지만, 군수도 무척 중요합니다. 군수는 신분을 사고파는 과정에서 양도 증서를 써주는 척하면서 실은 부자의 신분 취득을 은근히 방해하지요. 그는 신분을 파는 양반이나 사려는 부자를 모두 풍자하는 역할을 하지요. 특히나 두 번째 증서를 보면서 '그래! 이거야말로 내가 원하던 양반의 모습이야!'라고 생각할 사람은 없겠지요.

상식적인 사람이라면 말이에요.

나정 결국 제 옆에 앉은 애는 상식적이지 않다는 결론에 도달하네요. 호호.

붕이 쿵쿵.

"양반은 아무리 가난해도 늘 존귀하게 대접받고, 나는 아무리 부자라도 항상 비천하지 않으냐. 말도 못 하고, 양반만 보면 굽신굽신 두려워해야 하고, 엉금엉금 가서 절해야 하는데, 코를 땅에 대고 무릎으로 기는 등 우리는 항상 이런 수모를 받는단 말이다."

쌤 왜 부자는 양반이 되고 싶었을까요? 작품 속 부자의 말을 들으면 신분 상승 욕구 때문으로 볼 수 있답니다. 하지만 실제 현실에선 더 '근본적인 욕구'가 존재했습니다. 양란 이후 백성의 삶은 무척 피폐해졌지요. 하지만 지방 관리의 수탈은 지속되었고, 이를 통제해야 할 조정은 무능력했습니다. 국가 재정이 무너졌고, 이 와중에도 몇몇 양반 가문은 제 특권 지키기에만 혈안이 되어 있었지요.

가정맹어호苛政猛於虎라는 말을 알 겁니다. 가혹한 정치는 호랑이보다 무섭지요. 이런 상황에서 부역과 세금을 면제받고 수탈을 피하고자 족보를 사거나 위조하는 평민이 늘어납니다. 그 결과 조선 초 약 7퍼센트였던 양반의 비율은 조선 후기에 약 70퍼센

트까지 치솟지요.

동구 어쩌면 이들이 양반이 되고자 했던 건 '생존'을 위한 것이었다고 도 볼 수 있겠군요.

쌤 그렇습니다. 양반 신분을 사지 않고선 제대로 살아갈 수 없던 것이죠. 이런 점을 고려할 때 우리는 〈양반전〉을 더 깊이 있게 이해할 수 있을 겁니다. 자, 오늘은 이것으로 마칩니다.

붕이 감사합니다!

쌤의 한마디

'금동이의 아름답게 빚은 술은 일천 백성의 피요 / 옥쟁반의 맛 좋은 안주는 일만 백성의 기름이라 / 촛불 눈물 떨어질 때 백성 눈물 떨어지고 / 노랫소리 높은 곳에 백성의 원망 소리 높도다.' 지배층에 억눌린 민중의 마음을 대변한 〈춘향전〉 속 이 시는 지금까지도 널리 회자됩니다. 여기에는 〈양반전〉과 마찬가지로 지배층의 수탈에 대한 비판이 담겼습니다. 신분이 올라야만 인간답게 살 수 있던 시대가 되풀이되어선 절대 안 되겠지요.

〈양반전〉,
이 어리석고 무능한 양반이여!

〈양반전〉은 연암 박지원(朴趾源, 1737~1805)이 쓴 작품입니다. 양반 신분을 사고파는 과정을 통해 작가의 생각을 드러내지요.

1차 매매 증서에는 양반이 지켜야 할 의무와 덕목을 나열합니다. '손에 돈을 만지지 말고, 쌀값을 묻지 말고, 더워도 버선을 벗지 말고, 추워도 화로에 불을 쬐지 말고…….' 등에서 알 수 있듯 허례허식에만 얽매인 당시 양반의 모습을 엿볼 수 있지요. 2차 매매 증서에는 양반이 누릴 수 있는 특권을 나열합니다. 그러나 '귀밑이 일산(日傘, 햇볕을 가리려고 세우는 큰 양산)의 바람에 희어지고, 배가 요령 소리에 커지며, 방에는 기생의 귀고리로 치장하고, 뜰에 곡식으로 학鶴을 기른다…….'에서 알 수 있듯 양반은 무위도식했지요. 게다가 백성을 수탈하고 횡포를 부리는 것도 당연했습니다.

이 두 가지 증서를 통해 작가는 양반층을 신랄하게 비판합니다. 이들의 행동 규범은 관념적이고 비생산적이며, 이들의 특권은 부당하고 비도덕적이라고 말이에요. 부자가 외친 '도둑놈'이란 말은 결국 이 작품의 핵심입니다.

선비란 것은 곧 천작(天爵, 하늘에서 받은 벼슬)이므로, 선비의 마음은 곧 지志 자가 되는 것이다. 그러면 그 뜻이란 어떠한 것인가. 첫째 세리(勢利, 세상의 이익)를 꾀하지 말 것이니, 몸이 비록 현달하더라도 선비에서 떠나지 않아야 할 것이며, 몸이 비록 곤궁하더라도 그 본분을 잃어서는 아니 될 것이다. 지금 소위 선비는 명절(명분과 절의)을 닦기에는 힘쓰지 않고 부질없이 문벌만을 기화(奇貨, 진기한 재물이나 보배)로 여겨 그의 세덕(世德, 대대로 쌓아 내려오는 미덕)을 팔고 사게 되니, 이야말로 저 장사치에 비해서 무엇이 낫겠는가. 이에 나는 이 〈양반전〉을 써보았노라.

이 작품이 수록된 『방경각외전放璚閣外傳』 서문에 실린 글입니다. 작가는 여기서 작품의 창작 동기를 밝히고 있습니다. 양반의 권리에만 집착하고 선비의 의무에는 뒷짐 지는 당시 집권층을 향한 작가의 비판이 매섭게 느껴지네요.

사랑
언제나
당신과 함께라면
좋겠어요

맞아요,
사랑은 절대적인 것이랍니다

<만복사저포기>

붕이 킁킁, 이거 무슨 냄새야?

나정 ?

붕이 짐작건대 이것은 학교 앞 동그래빵집에서 파는 녹차시폰케이크랑 블루베리머핀 아닌가? 그리고 마카롱도 두어 개 먹은 거 같은데?

동구 헐.

나정 와, 대박. 너 완전 개코구나. 30분 전에 먹은 건데 딱 맞추네.

붕이 칫, 나를 빼놓고 자기들끼리만 먹는단 말이지? 그리고 30분 전이라고? 그럼 여태까지 뭐했어?

나정 아, 그야 뭐, 빵 먹으면서 얘기했지. 그렇지?

동구 맞아, 맞아.

붕이 컹컹, 학생이 하라는 공부는 안 하고 연애나 하다니, 원. 말세야, 말세.

나정 킥킥, 네가 그러니까 완전 어이없다.

동구 크크. 부러우면 너도 연애하든지.

쌤 잘 지냈나요? 벌써 다 와 있네요.

붕이 앗, 쌤 오셨어요? 큰일 났어요!

쌤 ?

붕이 꽃 피는 봄이 왔건만 붕이의 옆구리가 휑하답니다. 흑흑.

쌤 하하, 그래서 붕이 표정이 좋지 않았군요. 음, 그래요. 쌤이 방법을 알려주겠습니다. 오늘 배울 작품을 잘 들어봐요.

붕이 감사합니다. 얼른 수업 시작하시지요. 애들아, 자리에 앉아라.

나정 호호.

쌤 오늘의 작품 제목은 〈만복사저포기〉입니다. 만복사라는 절에서 저포 놀이를 한 이야기지요. 참고로 저포란 나무로 만든 주사위인데요, 한 번에 저포 다섯 개를 던져서 그 패를 보고 놀이판의 말을 움직이는 놀이를 했습니다.

동구 윷놀이랑 비슷하네요.

쌤 그래요. 자, 볼까요? 전라도 남원에 양생이란 사람이 있었습니다. 양생은 일찍이 부모를 잃은 데다 나이가 찼는데도 장가들지 못한 채 만복사의 동쪽에 혼자 살았지요.

어느 봄날 밤입니다. 둥글게 뜬 달 아래 활짝 핀 배꽃이 반짝이네요. 그 모습을 보니 시 한 수가 절로 나옵니다.

한 그루 배꽃 나무 쓸쓸함을 벗 삼으니,
휘영청 달 밝은 밤 홀로 보내기 괴로워라.
젊은 이 몸 홀로 누운 호젓한 창 너머로
어디선가 고운 임의 퉁소 소리 들리네.

외로운 저 비취는 제 홀로 날아가고
원앙은 짝을 지어 맑은 물에 노니는데,
바둑알 두드리며 인연을 그리다가
등불로 점치고는 창가에서 시름 하네.

나정 어머, 무척 외로운가 보네요.
동구 붕이의 마음을 표현한 것 같네요. 흐흐.
붕이 야, 너까지 왜 이래? 응?
쌤 그런데 문득 하늘에서 소리가 들립니다. "그대가 참으로 아름다운 짝을 얻고 싶다면 어찌 이뤄지지 않으리라 걱정하느냐?" 라고요. 그 말에 양생은 용기를 얻지요. '그래, 나도 짝을 구할 수 있어!'라고 말이에요.
당시에는 절에 등불을 밝히고 복을 비는 풍습이 있었는데요,

양생이 그냥 지나칠 수 없겠지요. 날이 저물자 양생은 불상 앞에 앉아 말합니다.

"제가 오늘 부처님을 모시고 저포 놀이를 하여볼까 합니다. 만약 제가 지면 법연을 베풀어 제사를 드리겠습니다. 만약 부처님께서 지시면 아름다운 배필을 얻고자 하는 제 소원을 이루어주십시오."

그러면서 소매 속에서 저포를 꺼내 휙 던집니다. 과연 어찌 될까요?

붕이 아, 이겨야 해, 이겨야 해!

쌤 하하, 결과는 양생의 승리였지요. 양생은 부처님께 말합니다.

"인연이 이미 정해졌으니, 속이시면 안 됩니다."

나정 얼마나 간절했으면 부처님한테 속이지 말라고 할까요? 호호.

쌤 정말 그래요. 간절함은 하늘도 감동하게 했나 봅니다. 양생은 부처님 뒤에 숨어서 약속이 이뤄지길 기다리지요. 얼마 뒤 저쪽에서 한 여인이 옵니다. 나이는 열여섯쯤 되었을까요? 두 갈래로 딴 머리와 하얀 얼굴을 보니 마치 선녀 같습니다.

붕이 우아!

나정 야, 좀 듣자고, 좀.

쌤 그 여인은 불상 앞에 꿇어앉아 향을 피우고 슬프게 탄식합니다.

"지난번에 변방의 방어가 무너져 왜구가 쳐들어와 사람들이 동서로 달아났습니다. 우리 친척과 종 들도 각기 서로 흩어졌었습니다. 저는 버들처럼 가냘픈 소녀의 몸이라 멀리 피란을 가지 못하고, 깊숙한 규방에 들어앉아 끝까지 정절을 지켰습니다. 그런 지가 벌써 3년이나 되었습니다.
그런데 날이 가고 달이 가니 이제는 혼백마저 사라지고 흩어졌습니다. …… 인간의 생은 태어나기 전부터 정해지며, 선악의 응보를 피할 수 없으니, 제가 타고난 운명에도 인연이 있을 것입니다. 빨리 배필을 얻게 해주시길 간절히 비옵니다."

붕이 여자도 무척 외로운가 보네요. 그래서 어떻게 됐나요?

쌤 무척 궁금한가 보군요. 붕이가 양생이라면 어떻게 할래요?

붕이 여자도 배필을 얻길 간절히 빈다잖아요. 앞에 짠! 하고 나타나야지요. "당신의 배필이 바로 나예요!"라면서요.

쌤 하하, 맞아요. 양생도 그랬지요. 불쑥 앞으로 나와 "아가씨는 어떤 사람이기에 혼자서 여기까지 왔습니까?"라고 묻지요. 여인은 답합니다. 당신도 좋은 배필을 만나러 왔느냐며 이름을 묻지 말라고요.
이슥한 밤에, 그것도 인적 없는 절에서 배필을 구하는 두 남녀가 만났습니다. 그들은 달이 동산에 떠오르고 창살에 그림자가 지나도록 인연을 맺지요. 어느덧 먼 마을에서는 닭이 울고 종소리가 들리네요. 여인은 말합니다.

"인연이 이미 정해졌으니 이제 낭군을 모시고 집으로 돌아가려 합니다."

그 말에 양생은 여인의 손을 잡고 마을을 지나지요. 그런데 이상해요. 길 가던 사람들은 그가 여인과 함께 가는 것을 알지 못하고, 다만 새벽부터 어디에 다녀오느냐고 물을 뿐이었습니다.

나정 뭔가 이상한데?

쌤 깊은 숲을 헤쳐 안으로 향하니 아담한 집이 나오지요. 양생은 그곳에 사흘간 머물면서 지극한 즐거움을 누립니다. 얼마 뒤 여인은 말하지요.

"이곳의 사흘은 인간 세상의 3년과 같습니다. 낭군은 이제 집으로 돌아가셔서 생업을 돌보십시오."

동구 역시…… 인간이 아니었군요.

쌤 양생도 어느 정도 눈치채고 있었을 겁니다. 그런데도 내색하지 않았던 건 이별을 견디기 힘들어서였겠지요. 슬퍼하는 양생을

보며 여인은 이웃 친척을 불러 연회를 엽니다. 그러고 나서 양생에게 은그릇을 하나 주며 말하지요.

"내일 부모님께서 저를 위하여 보련사에서 음식을 베풀 것입니다. 당신이 저를 버리지 않으시겠다면, 보련사로 가는 길에서 기다리다가 저와 함께 절로 가서 부모님을 뵙는 것이 어떻겠습니까?"

붕이 헐. 그런데 좀 무섭네요, 쌤. 여자가 귀신이라니.

나정 야, 덩치는 산만 한 애가 무슨 겁이 그렇게 많아?

붕이 아무래도 귀신은 좀 그렇잖아. 갑자기 "오호호호, 처녀 귀신으로 죽기 억울했는데 너라도 잡아먹어야겠다!" 하고 달려들면 어떡해?

나정 야, 처녀 귀신도 눈은 달렸거든요.

동구 크크.

쌤 하하, 계속 볼게요. 다음 날 양생은 은그릇을 들고 길가에서 기다립니다. 그리고 그곳에서 대상(大祥, 사람이 죽은 지 두 돌 만에 지내는 제사)을 치르러 가던 여인의 부모를 만나지요. 그리고 그 여인이 왜구가 쳐들어왔을 때 목숨을 잃었다는 것을 알게 됩니다.

그래요. 여인은 이 세상 사람이 아닙니다. 양생도 이를 확실히 알게 되지요. 하지만 사랑만큼 사람을 간절하게 하는 게 있을까요? 단 하루도, 단 한 시간도 못 잊는 그 마음 말이에요. 부모를 보내고 여인을 다시 만난 양생은 함께 하룻밤을 보냅니다. 여인은 말하지요.

"제가 법도를 어겼다는 것은 저도 잘 압니다. …… 그렇지만 하도 오래 다북쑥 우거진 속에 묻혀서 들판에 버려졌다가 사랑하는 마음이 한번 일어나고 보니, 끝내 걷잡을 수가 없게 된 것입니다.
지난번 절에 가서 복을 빌고 부처님 앞에서 향불을 사르며 박명했던 한평생을 혼자서 탄식하다가 뜻밖에도 삼생의 인연을 만났으므로, 소박한 아내가 되어 100년의 높은 절개를 바치려고 하였습니다. 술을 빚고 옷을 기워 평생 지어미의 길을 닦으려 했었습니다만, 애달프게도 업보를 피할 수가 없어서 저승길로 떠나게 되었습니다. 즐거움을 미처 다하지도 못하였는데, 슬픈 이별이 닥쳐왔습니다.
이제는 제가 떠날 시간이 되었습니다. …… 견우와 직녀는 칠석날이면 까마귀와 까치가 은하수에 다리를 놓아서 만나는데, 우리는 이제 한번 헤어지면 뒷날을 기약하기가 어렵습니다. 헤어지려고 하니 아득하기만 해서 무어라 말해야 할지 모르겠습니다."

말을 끝낸 여인은 서서히 사라집니다. 양생은 서럽게 울면서 여인을 위해 제사를 올리지요. 슬픔의 충격이 너무나 컸던 탓일까요? 양생은 다시 장가들지 않고 지리산으로 들어가 약초를 캤

는데, 이후의 종적은 알 수 없습니다. 작품은 이렇게 끝납니다.

동구 음, 불쌍하네요.

나정 그러게. 쯧쯧.

쌤 왜 양생은 산으로 떠났을까요? 작품 첫 부분에 양생의 처지가 나오지요. 부모를 잃은 고아인 데다 경제적으로도 어려워 절에 기거했다고요. 불우했던 양생에게 여인은 유일한 가족이었을 겁니다. 양생은 여인과 이별한 후로 세상에는 더 미련이 없었겠지요.

붕이 그러고 보니 사랑은 절대적인 거네요.

나정 와, 네가 그런 말을 하다니.

쌤 그래요, 인간은 사랑을 욕망하는 존재입니다. 누군가를 사랑하고, 또 누군가에게 사랑받길 원하지요. 그렇게 사랑을 주고받으며 인간은 자기 존재를 이루어갑니다. 이 작품에는 남녀 주인공이 나오는데요, 사랑받지 못한 채 죽어서 원귀冤鬼가 된 여인 그리고 사랑하는 이를 잃고 속세를 떠난 양생입니다. 모든 것을 바쳐 불꽃 같은 사랑을 이루고 헤어진 그들을 보니 숙연한 마음이 드네요. 오늘은 이것으로 마칩니다.

붕이 잠깐만요, 쌤!

쌤 ?

붕이 아까 처음에 방법을 알려주신다고 하셨잖아요! 어떻게 하면 짝을 만날 수 있을지요. 전 그런 건 절대 안 까먹어요. 얼른 알려주세요!

나정 야, 지도 줄게. 학교 근처에 절 찾아가서 윷이나 던져봐. 호호.

붕이 큥큥.

쌤 하하, 너무 걱정하지 말아요. 붕이는 아주 매력적이니까 언젠가 좋은 짝을 만날 겁니다. 초조해하지 말고 느긋하게 여유를 갖길 바랍니다. 이제 정말 마칩니다.

쌤의 한마디

"사랑은 있거나 없거나 둘 중 하나다. 가벼운 사랑은 아예 사랑이 아니다." 미국의 소설가 토니 모리슨(Toni Morrison, 1931~)의 말입니다. '쉽게 오고 쉽게 가는(Easy come, easy go.)' 게 요즘의 추세지요. 만남부터 헤어짐까지 모든 인간관계가 찰나의 인연처럼 보입니다. 그러나 사랑만큼은 진심이어야 하지 않을까요? 인간은 결국 사랑을 통해 완성되니까요.

〈만복사저포기〉, 사랑과 충忠 때문에 세상을 등지다

〈만복사저포기〉는 김시습(金時習, 1435~1493)이 쓴 『금오신화金鰲新話』에 실렸습니다. 불우한 처지의 양생이 처녀 귀신을 만나 생사를 초월한 사랑을 나누지만 결국 헤어진다는 내용이지요. 여인이 떠나간 뒤 홀로 남게 된 양생은 산으로 들어가 세상을 등집니다. 주인공의 행적은 독자의 안타까움을 자아내지요.

이 작품은 생사를 달리하는 남녀가 인연을 맺는 명혼冥婚 소설에 해당합니다. 또한 인간과 귀신의 사랑 이야기인 인귀人鬼 교환 설화가 포함되어 있지요. 이러한 요소는 무척 흥미롭고도 슬픕니다. 그 안에 비극적인 결말(이별)을 내포하기 때문이에요.

우리는 작가 김시습을 알아야 합니다. 1435년에 태어난 김시습은 세 살 때 한시를 지어 신동이란 소문이 났고, 다섯 살에는 세종의 부름을 받아 궁궐에 들어갑니다. 임금 앞에서 시를 척척 지어 비단 쉰 필을 하사받자, 이를 허리에 묶어 궁궐을 나왔다는 일화가 유명하지요.

그러나 세상은 뜻대로 되지 않았습니다. 수양대군에게 단종이 폐위되었다는 소식을 들은 김시습은 공부를 포기하고 속세를 등집니다. 서른한 살부터 서른일곱 살까지 경주 금오산에 들어가 살았는데, 그때 『금오신화』를 지은 것으로 알려졌지요. 이것은 우리나라 최초의 한문 소설집이라고 평가합니다. 이후로도 김시습은 전국을 방황하다가 1493년에 생을 마감합니다. 참고로 『금오신화』에는 〈만복사저포기〉외에 〈이생규장전李生窺牆傳〉, 〈취유부벽정기醉遊浮碧亭記〉, 〈용궁부연록龍宮赴宴錄〉, 〈남염부주지南炎浮洲志〉 등 총 다섯 편의 작품이 전합니다. 한평생을 바람같이 살다 간 김시습의 말을 들으며 마무리하겠습니다.

> 나는 어려서부터 성격이 질탕하여 명리名利를 즐기지 않고 생업을 돌보지 아니하여, 다만 청빈하게 뜻을 지키는 것이 포부였다. 본디 산수를 찾아 방랑하고자 하여, 좋은 경치를 만나면 이를 시로 읊조리며 즐기기를 친구들에게 자랑하곤 하였지만, 문장으로 관직에 오르기를 생각해보지는 않았다. 하루는 홀연히 감개한 일(세조의 왕위 찬탈)을 당하여, 남아가 이 세상에 태어나서 도를 행할 수 있는데도 출사하지 않음은 부끄러운 일이며, 도를 행할 수 없다면 홀로 그 몸이라도 지키는 것이 옳다고 생각하였다.

결혼은 제가 하는 것 아닌가요?

<양산백전>

나정 쌤, 궁금한 게 있어요.

쌤 ?

나정 쌤은 결혼하니까 좋으세요?

쌤 하하, 글쎄요. 왜 갑자기 그게 궁금한데요?

나정 얼마 전에 사촌 언니를 만났는데요, 그 언니를 보니까 너무 슬퍼졌어요.

쌤 왜요?

나정 사촌 언니는 명문대를 나와 외국계 회사에 근무하는데요, 영어도 잘하고 외모도 엄청 예쁘거든요. 언니한테 오랫동안 사귄 남자 친구가 있는데, 그 남자는 글쎄 일이 잘 안 풀렸나 봐요.

직장도 아직 없고, 가정 형편도 썩 좋지 않으니까요.

결혼 즈음해서 집안에선 전문직 사윗감을 원했는데, 언니가 반대한 거예요. 어떻게든 자기 남자 친구랑 결혼하겠다고요. 하지만 현실적으로 집안의 요구도 무시할 수 없었대요. 언니는 억지로 선도 보고 소개도 받다가 결국 다른 남자랑 결혼하긴 했는데, 후회한다고 하네요.

쌤 그렇군요.

동구 왜 그렇게 결혼했을까? 마음이 끌리는 대로 해야지.

붕이 맞아, 맞아. 집안이 결혼하나? 자기가 결혼하는 거지.

나정 아, 깜짝이야. 야, 너희는 이제 쌍으로 몰래 엿듣냐?

붕이 응? 쌍이라고? 나랑 동구랑 커플인 거 몰랐어?

동구 크크.

나정 어휴, 말을 말자.

쌤 쌤은 나정이 말이 이해됩니다. 실제로 집안 반대 때문에 결혼이 이루어지지 못할 때가 많거든요. 또는 집안의 말을 듣고 결혼했지만 후회하는 사람도 있고요. 참 어려운 문제입니다. 오늘 〈양산백전〉을 보면서 여기에 대해 생각해보지요.

동구 넵.

쌤 명나라 때 남양에 양현이란 사람이 살았습니다. 대대로 높은 벼슬을 한 명문가 출신인 데다 그 역시 인품이 뛰어났지요. 하지만 나이 쉰이 되도록 자식이 없어 근심했습니다. 그러다가 하

늘의 동자가 인간 세상에 내려온다는 태몽을 꾸고 아들 산백을 낳지요. 한편 평강에 사는 추이 역시 태몽을 꿉니다. 그러고 나서 딸 양대를 낳아요. 양산백과 추양대, 이들이 바로 소설의 주인공입니다.

산백은 열네 살이 되자 절에 들어가 공부하기로 합니다. 과거 시험을 준비하려고요. 그런데 마침 남장한 양대 또한 같은 절에 옵니다. 양대는 비록 딸이지만 평생을 아들로 행세하며 입신양명한 후 부모를 모시고자 한 것이지요.

붕이 으음.

쌤 산백과 양대는 마음이 통해 친구처럼 지냅니다. 같은 방을 쓰면서 서로 학업에 정진하지요. 어느덧 3년이란 세월이 흘렀습니다. 그런데 산백에게 자꾸 이상한 생각이 듭니다. 절친한 학우가 이성으로 보이는 거죠. 고개를 절레절레 저어봐도 소용없습니다. 자신이 이상한 건지, 걔가 이상한 건지 모르겠단 말이에요. 볼까요?

서로 공부도 한방에서 하고 잠자리도 같은 방에서 아랫목, 윗목을 차지하였다. 겨울이면 아랫목을 차지하고 자는 양산백이 추양대더러 가까이 오라고 친절하게 청하곤 하였으나, 추양대는 여전히 윗목에서 잠잤다. 언제나 옷을 입은 채로 자는 추양대의 태도는 양산백에게는 의문이 아닐 수 없었다. 게다가 요즘에 와서 추양대의 육

체적 변화가 점점 눈에 띄고, 그것은 아무리 해도 감출 수 없는 현실이 되고 말았다.

나정 풋.

쌤 궁금하면 움직여야겠지요? 산백은 비밀을 밝히려고 합니다. 그래서 한밤중에 몸을 더듬어보고(!) 양대가 여자임을 알게 되지요.

나정 꺅!

동구 헐, 깜짝 놀랐겠다.

쌤 물론 올바른 행동은 아니지요. 양대는 호기심을 참을 수 없었던 것입니다. 그리고 지금까지 긴가민가했지만 이제 확실해졌네요. 양대의 정체를 알게 된 산백은 고백합니다. 양대와 평생을 함께하고 싶다고요. 그러니 오늘 밤 인연을 맺자고요.

하지만 양대로선 무척 당황스러웠지요. 양대는 흥분한 산백을 진정시키며 훗날 부모님께 알리고 정식으로 혼인의 예를 갖출 것을 청합니다. 곧 결혼할 수 있으리라 생각한 산백은 흔쾌히 받아들이고 잠듭니다. 그런데 웬걸요? 아침에 일어나보니 양대는 곁에 없고 편지만 달랑 남아 있었지요.

동구 음, 제가 볼 땐 남자가 너무 급했네요.

쌤 그래요. 자, 산백에게 양대가 떠난 이곳은 이제 아무런 의미가 없습니다. 공부도 안 되고, 하루하루가 괴로울 뿐이지요. 산백은 결심합니다. 양대를 찾아가겠다고요.
한편 절을 떠나 집으로 돌아온 양대에게 부모는 혼인을 권유합니다. 마침 좋은 상대가 있었거든요.

붕이 어떤 상대요?

쌤 심랑이란 청년인데요, 아버지가 재상인 데다 불과 열다섯 살에 과거에 급제한 소위 '엄친아'입니다. 결혼한다면 양대의 부귀영화는 보장되는 셈입니다. 당연히 집안에서도 무척 반겼지요.
그러나 양대는 산백에게 마음이 있었어요. 같이 공부하면서 정도 들고, 그날 밤엔 너무 놀라 편지를 써두고 오긴 했지만 나중에 결혼하겠다고 약속도 했으니까요. 양대는 너무나 고민스러웠어요. 나정이라면 어떻게 할래요?

붕이 일단 심랑의 얼굴부터 보자고 할 거 같은데?

나정 야, 내가 넌 줄 아냐? 당연히 사랑하는 사람이랑 결혼해야지요.

쌤 하하, 그래요. 양대도 나정이와 같았답니다. 문제는 양대의 집

안이었지요. 양대의 부모는 단호히 안 된다며 심랑에게 시집가라고 합니다. 양대는 자신을 찾아온 산백을 몰래 만나기도 하지만, 어쩔 수 없었지요. 양대는 결국 심랑과 혼인하게 됩니다. 한편 허탈하게 집으로 돌아온 산백은 그날로 앓아눕습니다. 양대를 떠나보내고 나니 살고자 하는 의지도 없어졌지요. 산백의 아버지도 사정을 알고 백방으로 뛰어다니지만 방법이 없었습니다. 결국 산백은 양대가 왕래하는 길에 자신의 시신을 묻어달라고 당부하고 눈을 감지요.

동구 허.

붕이 아무리 그래도, 남자가 죽다니요.

나정 왜? 남자는 상사병으로 죽지 말라는 법 있어?

쌤 〈로미오와 줄리엣〉에서도 줄리엣이 죽은 줄 알았던 로미오는 음독자살하지요. 진정한 사랑은 남녀를 구분하지 않는답니다. 양대는 부모의 강요로 어쩔 수 없이 심랑과 결혼하지만, 산백을 잊을 수 없었습니다. 마침 신행(신부가 혼례식을 마치고 신랑 집으로 가는 의식) 가는 길에 한 노복이 가져온 편지를 읽게 됩니다. 산백이 죽기 전에 남긴 편지 말이지요.

> 낭자를 다시 만나 뵙지 못하고 황천으로 돌아가니 이 한은 죽어도 눈을 감지 못하리오. …… 바라건대 낭자가 왕래 간에 한 잔 술로 외로운 혼령을 위로해주시면 죽어도 한이 없겠습니다. ……

동구 음……, 안타깝네요.

쌤 편지를 본 양대는 어땠을까요?

양대의 눈에서는 벌써 눈물이 주룩주룩 쏟아져 편지의 검은 먹글씨를 번지게 해 놓았다. 그러나 양대는 잠시 그것을 치울 생각도 하지 않고 그대로 무릎 위에 놓은 채 울고만 있었다.

그래요, 양대의 마음은 찢어질 듯 아팠지요. 게다가 저 멀리에 산백의 무덤이 보입니다. 며칠 되지 않아 쓸쓸하게 보이는 게 더욱 슬프네요. 양대는 남편이 노여워하는데도 그곳으로 달려가 오열합니다. 그러고 나서 저세상으로 간 산백을 위해 제문을 읽지요. 그런데…….

나정 ……그런데?

붕이 무덤에서 강시가 튀어나왔다. 얍!

동구 크크.

나정 헐, 재미없거든?

붕이 아, 미안. 분위기 좀 바꿔보려고.

쌤 하하, 괜찮습니다. 그런데 정말 희한한 일이 벌어져요. 난데없이 오색구름이 하늘을 뒤덮더니, 무덤 꼭대기에서 무지개가 쫙 솟는 겁니다. 그러곤 쾅 하는 소리에 천지가 뒤흔들리며 무덤이 쫙 갈라집니다. 제문을 읽던 양대는 그 속으로 뛰어듭니다. 그

러자 무덤은 언제 그랬느냐는 듯이 다시 본래의 모습으로 돌아왔지요.

붕이 헐.

쌤 놀랍고도 황당하지요. 이 상황에서 가장 어이없는 건 심랑일 겁니다. 아내가 옛 남자 친구의 무덤에서 사라져버린 셈이니까요. 심랑은 하인을 데려다가 무덤을 파헤치게 합니다. 칡덩굴로 덮인 그곳을 겨우 파보니 시체 두 구가 서로 끌어안고 있네요. 심랑은 분노와 질투에 휩싸입니다. 그래서 이들을 떼어내어 각각 다른 무덤에 묻어버리지요.

동구 이놈 참 고약한 놈이네요.

쌤 그러나 무덤을 떨어뜨려 놓아도 사랑은 갈라지지 않습니다. 칡덩굴이 뻗어 나와 서로 엉겨 붙으려고 하네요. 이에 심랑은 아내의 무덤을 고개 너머 산비탈로 옮기지만 역시나 마찬가지입니다. 격분한 심랑은 칡덩굴을 뿌리째 뽑고 무덤에 불까지 지릅니다. 그러나 모든 것은 허사입니다. 결국 하늘이 정한 바를 거스르지 말라는 한 도사의 말을 듣고 심랑은 모든 걸 포기하지요.

나정 산백과 양대는 말 그대로 천생연분인가 보네요.

쌤 그래요. 그리고 사랑은 하늘도 감동하게 하나 봅니다. 하늘나라의 옥황상제는 이들을 불쌍히 여겨 이승으로 돌려보냅니다. 어느 날 동시에 무덤이 열리면서 산백과 양대가 솟아나오지요.

붕이 이야, 무슨 SF 영화 같네요.

쌤 하하, 그래요. 그들을 본 마을 사람들은 기절초풍할 지경입니다. 양가 부모도 마찬가지고요. 둘은 곧바로 혼례를 치릅니다. 죽었다가 다시 살아났으니 얼마나 기뻤을까요?

첫날밤을 맞이한 열렬한 원앙 한 쌍의 정은 그 어디다 비할 도리도 없을 정도였다. 양산백은 운향사에서의 옛일을 회상하며 생명의 희열을 십분 맛보았다. …… 온 세상이 자기를 위하여 기뻐해주는 것 같고, 자기는 태양이 되어 이 세상의 중심이 된 것만 같았다.

자, 이제 소설은 결말을 향해갑니다. 산백이 과거에 응시하였는데, 문·무과를 동시에 장원급제하고 한림학사 겸 표기장군에 임명됩니다. 산백은 북방 오랑캐의 침략을 무찌르고 나라를 구해 천자의 총애를 받지요. 둘은 딸 하나를 두고 80세까지 행복하게 살다가 세상을 떠납니다. 작품은 이렇게 끝나지요. 어떤가요?

동구 결혼이 중요하군요, 결혼이.

나정 맞아, 정말 결혼을 누구랑 하느냐가 중요한 거 같아.

쌤 그럼 결혼은 누구와 해야 할까요? 사실 정답은 없습니다. 상대를 정하는 기준도 개인마다 다르니까요. 그런데 현실에선 기준을 내 대신 누군가가 정해줄 때도 있답니다. 가족 혹은 여러 언

론 매체가 말이지요.

가족은 말합니다. 결혼은 개인이 아닌 가족 간의 결합이라고요. 그러면서 내 상대가 될 사람의 기준을 나름의 잣대로 재단해버리지요. 직업은 무엇이고, 부모는 뭘 하시고, 집은 어디 살고, 심지어 혼수는 얼마나 해올 수 있는지 꼼꼼히 따집니다. 맘에 안 들면 때로는 어깃장을 놓기도 하지요. "이 결혼 반대일세."라고요.

언론 매체는요? 그건 아예 상대를 바라볼 기준을 내게 던져줍니다. 키는 얼마 이상이어야 하고, 몸매는 에스S 라인, 얼굴은 브이V 라인이어야 한다고요. 심지어는 소유한 자동차에 따라 어떻게 사람을 구분하는지 친절하게 가르쳐주기도 하지요.

동구 음.

쌤 그런데 생각해보길 바랍니다. 누구와 결혼하나요? 결국 나와 너입니다. 한 인간과 인간이 관계를 맺는 것이지요. 그리고 그 뒤로 내 여생을 상대방과 공유하는 겁니다. 그런 상대를 정할 때 내 생각보다 우선해야 할 게 있을까요?

물론 결혼할 때 다른 사람의 조언을 들을 필요가 없다는 의미는 아닙니다. 당연히 들어야지요. 결혼은 가정의 중대사고, 부모님 역시 나보다 경험이 많으니까요. 실제로도 이 조언이 현명하고 올바를 때가 훨씬 많답니다.

하지만 만약 부모의 판단과 내 생각이 상충할 때는 어떻게 해야 할까요? 합리적으로 생각하고, 논리적으로 의논해도 결론이 나지 않을 때는요? 그때 필요한 게 어쩌면 용기가 아닐까 합니다. 타인이나 언론에 휘둘리지 않고, 나 스스로 판단할 기준을 선택할 수 있는 용기 그리고 그 선택에 책임질 수 있는 용기 말이에요. 스스로 확고하게 정한 기준에 누가 뭐라고 한다면 한마디 하세요.

동구 뭐라고요?

붕이 "부모님! 결혼은요, 제가 하는 겁니다!"

나정 킥킥, 왠지 안 어울린다.

쌤 하하, 작품에서도 만약 양대가 그랬다면 죽다 살아나는 우여곡절은 없었겠지요. 마칩니다.

동구 감사합니다.

쌤의 한마디

"사랑은 언제나 어려움을 동반한다. 그건 분명 사실이다. 하지만 사랑의 좋은 점은 그것이 힘도 준다는 것이다." 빈센트 반 고흐(Vincent Willem van Gogh, 1853~1890)가 남긴 말입니다. 누군가를 사랑하는 건 인간의 욕망입니다. 우린 이 욕망을 충실히 이루어가려 하지요. 문제는 그 과정에서 겪는 어려움입니다. 바다가 늘 잔잔하지 않듯이 수많은 역경이 우리의 사랑을 힘들게 하니까요. 그러나 용기를 내세요. 누구를 사랑하느냐는 결국 나의 문제이니까요.

〈양산백전〉,
사랑 때문에 죽고 사랑 때문에 살다

이 작품은 작자 · 연대 미상의 고전소설입니다. 전반부는 산백과 양대의 결연담, 후반부는 산백의 영웅담으로 되어 있는데요, 이 작품에서 주목할 것은 바로 뛰어난, 사랑에 빠진 주인공의 심리묘사입니다.

> 산백은 이제야말로 양대를 향한 자기 애정의 깊이를 분명하게 깨달을 듯하였다. 추양대가 없는 한 산백은 살 것 같지도 않았다. 산백은 양대가 이불이라도 두고 갔더라면 그것을 안고서라도 뒹굴 텐데 하고도 생각하였다. 그래서 미친 듯이 일어나 양대의 이불이 깔렸던 자리로 달려가서 아직도 양대의 체취가 나는 듯한 그 자리에 쓰러져버렸다. 그리고 발작적으로 양대를 끌어안는 시늉을 해 보이며 엉엉 또다시 흐느껴 울기 시작하였다.

산백은 절에서 함께 공부하던 양대를 떠나보낸 후 후회합니다. 양대가 여자임을 알고 산백은 사랑을 고백하지만, 놀란 양대는 새벽에 떠나버렸지요. 진정한 사랑은 상대방의 부재에서 더욱 깊게 느껴지는 걸까요? 아무도 없는 텅 빈 방에서 산백은 힘겨워합니다. 양대의 이불이 깔렸던 자리에 가서 체취를 맡고 엉엉 우는 모습을 보면서 사랑이란 본연의 욕망을 떠올리게 되네요.

이 작품은 다른 작품들보다 초현실적 요소가 두드러집니다. 본래 산백과 양대는 천상의 존재였다가 지상으로 내려왔습니다. 이들은 '죽음과 재생'을 통해 사랑을 이루지요. 가정의 반대를 극복하고, 결국은 개인의 자유 의지를 관철하는 셈입니다. 이런 면에서 이 작품은 근대적 의식을 담았다고도 볼 수 있답니다.

참고로 〈양산백전〉은 중국의 〈양축설화梁祝說話〉를 바탕으로 하는데요, 둘은 큰 줄거리는 비슷하지만 결말에서 차이를 보입니다. 〈양축설화〉를 잠시 볼까요?

> 이듬해 축영대가 마씨에게 시집가다가 안락촌 길가에 이르니 홀연 광풍이 불고 천지가 캄캄해 길을 걸을 수가 없었다. …… 영대가 가마에서 내리니 홀연 땅이 갈라졌고, 영대는 땅속으로 뛰어들었다. 뭇사람이 옷을 잡아당기니 옷이 갈기갈기 찢어져 버렸다. 순식간에 천지가 밝아지니 갈라진 땅은 바로 산백의 무덤이었고, 둘이 죽어 부부가 됨을 알게 되었다. 거기서 찢어진 옷은 나비가 되었는데, 붉은 것은 양산백의 정령이고 검은 것은 축영대의 정령이라 하였다. 이것이 도처에 퍼져 지금까지도 그 이름을 양산백과 축영대라 부른다.

여기에선 남녀가 무덤에서 솟아나지 못한 채, 다만 한 쌍의 나비로 다시 태어나지요. 슬프고 안타깝네요. 여러분은 어떤 결말이 더 마음에 드나요?

이상적 삶
산다는 것만으로도
얼마나
힘든 일인지

소박하게 산다는 것조차 제겐 얼마나 힘겹던지요

<김영철전>

붕이 어라, 너 눈이 퉁퉁 부은 것 같다?

나정 그래, 어젯밤에 영화 한 편 봤는데 얼마나 슬프던지.

동구 무슨 영화인데?

나정 〈사울의 아들Son of Saul〉이라고 제2차 세계대전 때 아우슈비츠 강제수용소를 배경으로 한 영화거든. 그곳에서 시체 처리반으로 일했던 한 남자의 이야기야. 아, 다시 생각하니까 가슴이 먹먹하네.

붕이 아, 그렇구나. 난 눈이 부었기에 라면 먹고 잔 줄 알았지.

나정 어휴, 너나 많이 드세요. 넌 밤늦게 세 개씩 끓여먹어도 다음 날 티도 안 날 거야.

동구 크크.

쌤 나정이가 참 좋은 영화를 보았군요. 쌤도 전에 그 영화를 본 적 있습니다. 아들의 죽음을 애도하고자 하는 아버지의 염원이 느껴지지요. 아픈 역사를 돌아보며 인간의 존엄성을 생각해볼 수도 있고요.

음, 사람은 누구나 원하는 삶을 살길 꿈꿉니다. 이걸 꼭 부귀영화로 보아야 하는 건 아닙니다. 그저 평화롭고 소박하게 사는 것만으로도 만족하는 사람이 많으니까요. 하지만 때때로 세상은 그걸 허락하지 않기도 합니다. 특히 전쟁이나 재해 같은 거대한 사건 앞에서 인간의 운명은 늦가을 낙엽처럼 슬퍼지기도 하지요. 아까 말한 영화 속 주인공처럼 말이에요.

오늘 살펴볼 작품은 〈김영철전〉입니다. 이 작품은 '전쟁 포로의 처절한 탈출기' 정도로 보면 될 것 같아요. 이상적 삶을 꿈꿨지만 기구한 운명을 피할 수 없었던 김영철의 이야기를 함께 들어보겠습니다.

영철은 평안도 영유현 사람입니다. 어릴 때부터 말타기와 활쏘기를 좋아했지요. 무오년(1618), 명나라에서 만주의 오랑캐(후금)를 토벌하고자 조선에 병력 지원을 요구합니다. 이에 우리나라에선 강홍립을 도원수로 해서 2만 명을 보내요. 열아홉 살의 미혼인 영철 역시 전쟁에 동원됩니다. 출발하기 전 영철의 할아버지는 눈물 흘리며 말하지요.

할아버지 : 네가 돌아오지 못하면 우리 집안은 대가 끊긴다.

영철 : 꼭 돌아올 겁니다.

붕이 정말로 무슨 영화의 한 장면 같네요. 헤헤.

나정 야, 넌 이 상황에서 웃음이 나오냐? 전쟁에 끌려가는 건데.

쌤 조선 군대는 명나라 군대와 합류해 후금을 공격합니다. 그러나 적은 만만치 않아요. 후금의 누르하치는 명과 조선의 연합군을 격파하였고, 김영철은 포로로 끌려가지요. 누르하치는 양반 출신 장교들을 모조리 죽이기 시작합니다. 같이 갔던 김영철의 종조부도 이때 목이 베였어요. 이제 김영철의 차례입니다. 참수 당하기를 기다리는데…….

붕이 덜덜…….

쌤 후금의 장수 아라나가 영철을 가리키며 말합니다. 자기 동생이 전투 중에 죽었는데 이 사람이 아주 비슷하게 생겼다고요. 그러니 목숨을 살려 자신이 부릴 수 있도록 해달라고 말이에요. 이야기를 들은 누르하치는 고개를 끄덕입니다.

동구 허, 구사일생이네요.

쌤 아라나는 영철을 집으로 데려옵니다. 집에 있던 사람들은 영철을 보고 깜짝 놀라며 죽은 사람이 다시 살아왔다고 생각하지요. 겨우 목숨을 건진 영철은 그 집에서 잡일하며 노비로 살게 됩니다.

그러나 한번 생각해봐요. 전쟁에서 포로가 된 후 인종도 다르고, 말도 통하지 않는 곳에 끌려갔습니다. 그곳에서 평생을 노예처럼 살아야 해요. 여러분이라면 그렇게 살 수 있나요?

붕이 아……, 못 살 것 같아요.

나정 막막하겠네요, 정말.

쌤 영철 역시 마찬가지였겠지요. 그래서 탈출을 시도합니다. 자유를 찾아 떠나지요. 하지만 쉽지 않았습니다. 영철은 한밤중에 달아나다 붙잡힙니다. 그래서 왼쪽 발꿈치를 잘리는 월형刖刑을 받아요. 그 뒤에 또 탈출을 시도하다가 오른쪽 발꿈치마저 잘립니다. 오랑캐 법에는 투항 후 달아난 자에게는 월형을 내리고, 죄를 세 번 범했을 땐 죽이게 되어 있었습니다. 이제 영철에게는 단 한 번의 기회밖에 남지 않았지요.

붕이 헐……, 너무 끔찍해요, 쌤.

쌤 그래요, 전쟁 그리고 포로가 되는 것 모두 끔찍했지요. 영철은 원하는 삶을 살고자 했지만 결과는 처참했습니다. 아라나는 그런 영철의 모습이 오히려 불쌍했나 봅니다. 자기 동생을 쏙 빼닮았기에 안타깝기도 했겠지요. 그래서 아라나는 영철에게 제안합니다. 영철의 마음을 돌리고자 과부가 된 자신의 제수를 영철과 혼인하게 하지요.

신유년(1621)에 후금은 명나라의 요동 지역을 정복하고 수도를 심양으로 옮깁니다. 아라나는 영철을 건주에 남겨둔 채, 그쪽으로 옮겨 가지요. 그 해에 영철은 두 아들을 낳아 이름을 득북得北과 득건得建이라고 짓습니다.

동구 북쪽과 건주에서 아들을 얻었다는 뜻이군요.

쌤 이제 시간이 흘러 을축년(1625) 8월의 어느 저녁입니다. 영철이 말을 먹이고 있는데 옆에서 한숨 소리가 들립니다. 전유년을 비롯한 몇몇 명나라 사람이었지요. 이들 역시 아라나에게 잡혀 온 포로였습니다. 전유년이 말합니다.

"저 달이 우리 부모님과 처자식을 비출 테니, 우리 부모님과 처자식도 저 달을 보고 분명 날 생각하겠지. 영철이! 자네 또한 부모님이 멀리 조선에 계시긴 하지만, 자네는 여기에 이미 처자를 두었으니 고향으로 돌아가고 싶은 마음이 우리와는 다르겠지."

이에 영철은 대답합니다.

"짐승도 죽을 때는 고향을 향해 머리를 둔다고 하는데, 내가 타국에서 얻은 처자식 때문에 부모님을 잊을 리 있겠소? 고국으로 살아 돌아가 단 한 번만이라도 부모님을 뵐 수 있다면 죽어도 한이 없을 거요."

나정 몸은 북녘에 있지만 마음은 조선에 그대로 있었나 보네요.

쌤 그래요. 그러자 전유년은 제안합니다. 여기 말 여러 필이 있고, 자기가 이곳 지리를 잘 아니 4~5일이면 명나라 국경에 도착할 수 있다고요. 게다가 영철의 마음이 바뀌지 않을까 해서 덧붙입니다. 탈출에 성공하면 자기 누이동생 둘을 영철의 아내로 주겠다고 말이지요. 영철은 전유년의 말에 따르기로 하고 함께 달을 향해 맹세합니다.

칠흑같이 어두운 밤이에요. 영철 일행은 조심스레 말을 꺼내 탑니다. 그리고 명나라를 향해 달리지요. 도중에 파수병에게 발각돼 쫓기기도 하고, 늪에 빠져 일행 중 네 명이 죽기도 합니다. 가다가 식량이 다 떨어져 말을 잡아먹기도 하지요.

이들은 천신만고 끝에 요동을 벗어나 명나라 국경에 도착합니다. 명군이 오랑캐로 착각해서 죽이려는 찰나에 이들의 정체가 밝혀지지요. 이 일은 천자의 귀에 들어가고, 영철은 큰 상을 받게 됩니다.

붕이 목숨을 건 세 번째 탈주가 성공했네요.

쌤 그래요. 영철은 이제 등주에 있는 전유년의 집에서 살게 됩니다. 그러나 마음 한편은 늘 우울했지요. 어느 날 전유년은 영철과 함께 술을 마시며 이전 일을 회상해요. 전유년은 잔을 들고 달을 바라보며 말합니다.

"오랑캐에게 잡혀 있던 저는 영철이 아니었다면 살아 돌아올 수 없었을 겁니다. 그때 저는 영철에게 누이를 주겠다며 저 달을 두고 맹세했습니다. 지금 저 달이 여전히 하늘에 떠 있으니 어찌하는 것이 좋겠습니까?"

이 말에 전유년의 누이와 영철은 결혼하게 됩니다. 마을에선 잔치가 열리고 영철은 새 가족을 맞이하지요. 시간이 흘러 두 아들 득달과 득길도 낳습니다.

나정 아, 이제 겨우 마음을 잡고 살게 되었네요.

쌤 그럴까요? 경오년(1630) 10월, 조선에서 명나라로 가는 사절이 등주를 지날 때였습니다. 그런데 뱃사공 얼굴을 보니 굉장히 낯이 익네요. 아, 생각났습니다! 뱃사공은 영철과 동향 사람인 이연생이었지요.

이연생도 영철을 보고 깜짝 놀랍니다. 여기서 이렇게 만나다니요! 영철은 이연생에게서 고향 소식을 듣습니다. 아버지는 이미 전사했고, 조부와 어머니는 다른 집에 의탁해 산다고요. 전쟁에 끌려갈 때 할아버지가 했던 말이 아직도 생생히 떠오릅니다.

동구 "네가 돌아오지 못하면 우리 집안은 대가 끊긴다."라고 했지요.

쌤 그래요. 초라하게 사는 가족을 떠올리니 마음도 편치 못했어요. 영철은 고국으로 돌아가겠다고 마음먹습니다. 영철은 이연생의 도움으로 사신이 귀국하는 편에 몰래 배에 탑니다. 명에 있던 아내가 애타게 영철을 찾았지만, 이미 떠나버린 후였지요.

고국을 떠난 지 13년 만에 영철은 다시 돌아옵니다. 어렵게 살던 가족을 보고는 통곡하지요. 마침 이웃집 사람이 영철을 효자로 여겨 자신의 딸과 결혼을 주선합니다. 이렇게 영철은 아내를 맞이하여 다시 가정을 이루지요.

붕이 음……, 그런데 명나라나 후금에 남은 영철의 가족이 불쌍하네요. 그 사람들이 뭔 죄라고.

나정 그러게. 하루아침에 남편이, 또 아빠가 사라져버린 거잖아.

쌤 그래요, 고국을 향한 오랜 소망을 이루긴 했지만, 타지에 처자를 버리고 떠나온 셈이지요. 이는 영철에게도 평생의 괴로움으로 남았을 겁니다.

집에 돌아왔지만 역사의 소용돌이는 영철을 피해가지 않습니다. 청나라를 세운 후금은 명을 공격하고자 조선에 원군을 요청하지요. 무척 고심하던 조선은 결국 출병하고, 임경업 장군은 영철이 중국어와 만주어에 능통하다는 이야기를 듣고 그를 데려갑니다. 그런데 이게 웬일입니까! 군사 회의를 하는데 후금의 아라나와 만나게 된 겁니다.

나정 아, 이를 어째.

쌤 아라나는 분노에 찬 눈빛으로 영철을 바라봅니다. 그러고 나서 말하지요.

나는 네게 세 가지 큰 은혜를 베풀었다. 네가 참수형을 받아야 할 처지였을 때 죽음을 모면하게 한 것이 그 하나다. 네가 두 번이나 도망가다 잡혔지만 죽이지 않고 풀어준 것이 그 둘이다. 내 제수를 너의 아내로 주고 집안 살림을 맡긴 것이 그 셋이다. 하지만 너는 세 가지 용서받기 어려운 죄를 지었다. 목숨을 살려준 은혜를 생각지 않고 도망한 것이 첫 번째 죄다. 네게 말을 기르게 했을 때 너는 도리어 명나라 놈들과 짜고 나를 배신했으니 이것이 두 번째 죄다. 도망가면서 내 천리마를 훔쳐 갔으니 이것이 세 번째 죄다. 내 반드시 네 목을 베리라!

동구 헉.

붕이 덜덜.

쌤 영철은 그 자리에서 붙잡힙니다. '이젠 정말 죽은 목숨이구나…….'라고 생각하는데 옆에 있던 조선인 장수가 간곡하게 말리지요. 예전에도 살려줬으니 한 번만 더 덕을 베풀라고 말이에요. 잎담배 200근을 바쳐 영철은 겨우 목숨을 구합니다. 그리고 마침 이곳에 있던 첫째 아들 득북을 보며 눈물만 흘렸지요. 명나라는 10만 군사를 보내 청과 싸움을 벌이지만 대패합니다. 영철은 조선 사절로 청 태종에게 가게 되는데요, 그곳에서 아라나는 태종에게 영철의 지난 일을 고하며 영철에게 벌을 내려달라고 청합니다. 하지만 태종은 남쪽을 가리키며 말하지요.

영철은 원래 조선 사람인데, 8년 동안은 우리 백성이었고, 6년 동안은 명나라 백성이었다가 이제 다시 조선 백성이 되었다. 조선 백성 또한 우리 백성이다. 더구나 큰아들이 군중軍中에 있으니 부자가 모두 우리 백성인 셈이다. …… 내가 천하를 얻음이 이로부터 시작되리니, 이 사람이 온 것이 어찌 하늘의 뜻이 아니겠느냐?

그리고 태종은 영철에게 비단과 말을 하사하지요.

동구 확실히 청 태종이 대인이네요.

쌤 우여곡절 끝에 영철은 다시 고국으로 돌아옵니다. 어느덧 세월이 흘러 의상, 득상, 득발, 기발 네 아들을 두었지요. 그러나 아들들을 보아도 마음이 편치 않습니다. 자기는 젊은 시절을 대부분 종군하며 고통스럽게 보냈는데, 혹시 내 아들들도 그러지 않을까 두려울 뿐입니다.

무술년(1658) 조정에서 자모산성을 쌓으며 이곳을 방비할 병사를 모집합니다. 이에 응하면 군역을 면해주겠다고 하지요. 영철은 예순의 나이에 네 아들과 함께 그곳으로 갑니다.

붕이 허, 예순 살에 성벽을 수비하러 갔다고요? 허…….

쌤 그래요, 영철은 가난 속에서 하릴없이 늙어가는 자기 모습을 보니 서글퍼집니다. 성 위에 올라 건주와 등주를 바라보지요. 건주에는 후금의 가족이, 등주에는 명의 가족이 있을 겁니다. 자꾸 눈물이 떨어져 옷깃을 적시네요. 영철은 20여 년간 성을 지키다가 84세가 되던 해에 죽습니다. 작품은 이렇게 끝납니다.

나정 아, 생각해보니 영철은 참 기구한 삶을 살았어요.

붕이 그러게, 되게 불쌍하네. 그냥 후금이나 명에서 살았으면 훨씬 더 낫지 않았을까?

쌤 좋은 지적을 했습니다. 이 작품에서 우리는 영철이라는 인물의 고통스러운 삶을 보았지요. 또한 당시 사회의 잘못된 부분도 엿볼 수 있었습니다. 어떤 점일까요?

나정 음, 알겠어요. 영철은 전쟁이 났을 때 국가의 부름에 성실히 응했잖아요. 그리고 목숨을 걸고 고국에 돌아왔지만, 나라에선 그에 합당한 대우를 해주지 않았어요. 평생을 가난에 시달리다 죽었잖아요.

붕이 맞아, 차라리 안 돌아왔으면 더 잘살았을지도 모르지. 생각해보면 명나라, 청나라 사람들이 이방인이었던 영철에게 오히려 더 호의적이었어. 청 태종은 말이랑 비단도 주잖아.

동구 군역이 너무 가혹합니다. 전쟁에 두 번이나 끌려갔고, 여든네 살까지 산성을 지키다가 죽었잖아요. 군역이 얼마나 무서웠으면 자기 아들 넷도 같이 데려갔을까요.

쌤 훌륭합니다. 여러분 모두 작품을 보는 눈이 많이 늘었군요. 영철은 열아홉 살에 전장에 끌려갔다가 겨우 살아 돌아왔습니다. 부모를 모시려고, 또 고향을 잊지 못했기에 고국을 찾았지요. 그러나 정작 고국이 영철에게 베푼 것은 무엇인가요? 명과 청의 정세에 밝다는 이유로 영철은 또다시 전쟁터로 끌려갔지요. 그리고 아라나에게 붙잡혔을 때 잎담배 200근을 바치고 겨우 풀려났던 것 기억나나요? 영철이 다시 고국으로 돌아왔을 땐 호조에서 잎담배 값을 악착같이 받아냅니다. 아예 공문까지 보내 닦달하지요. 영철은 노새를 팔고 재산을 모두 털었지만 겨우 그 절반밖에 갚을 수 없어서 슬프고 곤궁했습니다.

84세에 세상을 뜰 때야 영철은 비로소 군역에서 면제됩니다. 너무나 길고도 고통스러운 삶이었지요. 어쩌면 영철은 전장에 끌려갈 때부터 생生의 첫 단추가 잘못 끼워졌던 것일지도 모릅니다. 이는 당시 전쟁의 소용돌이 속에서 민중이 겪은 아픔이기도 하지요.

붕이 아휴, 쯧쯧. 우리 조상님들이 고생이 많으셨어.

나정 근데 네가 웬일이냐? 다른 사람에게 공감할 줄도 알고 말이야. 새삼 놀랍네.

붕이 야, 나도 이제 고전문학 좀 배웠다고. 괄목상대 몰라? 괄목상대!

쌤 하하, 그래요. 붕이가 일취월장하는 게 보입니다. 젊은 시절을 대부분 이방인으로 살아야 했던 영철. 사실 영철의 꿈은 소박했습니다. 가족과 함께 안정되고 평화롭게 살길 바란 것뿐이지요. 조선 민중이 대부분 그랬듯 말이에요. 목숨을 걸고 돌아온 것도 그런 이유에서일 겁니다.

하지만 정작 고국에서는 이방인보다 못한 대우를 받다가 쓸쓸히 죽었습니다. 어떻게든 살아가고자 발버둥 쳤던 영철을 보면서 산다는 것에 대해 다시 한번 생각해봅니다. 마칩니다.

동구 감사합니다.

쌤의 한마디

황량한 대지에 핀 잡초를 봅시다. 작열하는 뙤약볕 아래에서 그들은 뿌리 뻗고 살아갑니다. 비가 내릴 때까지 잡초는 바람과 먼지를 맞으며 버티지요. 버티는 삶. 그 작은 존재는 분명 버티는 삶을 살고 있습니다. 길거리에 핀 풀꽃, 들판 여기저기를 뛰어다니는 메뚜기 그리고 하루하루 힘겹게 살아가는 조선 시대의 민중은 문득 현재의 우리를 떠올리게 합니다. 안정과 평화……, 어쩌면 이런 작은 가치들이야말로 이상적인 삶의 근원 아닐까요?

〈김영철전〉,
작가의 마음이 영철의 마음이리라

〈김영철전〉은 조선 후기의 문인 홍세태(洪世泰, 1653~1725)가 지었으며, 『유하집柳下集』에 실렸습니다. 김영철이라는 인물의 기구한 삶을 그리고 있지요. 김영철은 조선 병사로 출병해 후금과 명에 각각 처자식을 두지만, 끝내 고향 땅을 잊지 못해 돌아옵니다. 그러나 고국에서 영철을 맞이한 건 가난과 고통뿐이었어요. 산성 위에서 늙어 가던 영철은 한숨 쉬며 사람들에게 말합니다.

> 내가 아무 잘못도 없는 처자식을 저버리고 와 두 곳의 처자식들이 평생을 슬픔과 한탄 속에서 살게 했으니, 지금 내 곤궁함이 이 지경에 이른 게 어찌 하늘이 내린 재앙이 아니겠는가.

이 작품의 끝부분에선 작가가 자기 생각을 덧붙이지요.

> …… 늙어서도 성 지키는 일을 하다가 끝내 가난 속에서 울적한 마음을 품은 채 죽고 말았으니, 이 어찌 천하의 충성스러운 선비를 격려하는 방법이란 말인가? 나는 영철의 일이 잊혀 세상에 드러나

지 않음을 슬퍼하여, 이 전傳을 지어 후인에게 보임으로써 우리나라에 김영철이란 사람이 있었음을 알리고자 한다.

참고로 작가 홍세태는 본래 노비 출신입니다. 글에 재주가 있었기에 운 좋게 면천免賤하여 중인이 되었지요. 그러나 평생을 가난하게 살며, 8남 2녀의 자녀 모두 자기보다 앞서 보냅니다. 홍세태는 신분의 한계 앞에 좌절하고, 사회 부조리를 절실히 느꼈지요. 이러한 궁핍과 불행은 그의 작품 세계에도 많은 영향을 끼쳤답니다. 어쩌면 홍세태는 김영철이란 인물에게서 자기 모습을 엿보지 않았을까요? 문득 동병상련이란 말이 떠오르네요.

어려움 속에서도 내 삶을 꿋꿋이 이어가련다

<한중록>

나정 쌤, 궁금한 게 있어요. 쌤은 더 나이가 들어서 어떤 일을 하고 싶으세요?

쌤 음, 글쎄요, 아직 곰곰이 생각해보진 않았는데……. 갑자기 왜요?

붕이 야, 쌤은 한창 젊으시잖아. 노후를 준비할 때는 아니지.

나정 와, 대박. 너 아부가 엄청 늘었다. 어쩜.

쌤 하하, 붕이가 센스 있네요. 그럼 나정이는 뭘 하고 싶어요?

나정 아, 저는요, 그림을 좀 배우고 싶어요. 예전에 그림 그리는 걸 좋아해서 그쪽으로 진로를 잡을까 하고 생각했거든요.

쌤 그렇군요. 그림 좋네요. 나이 들어서도 할 수 있고, 점점 실력

도 쌓여갈 테니까요.

붕이 저는 세계 여행을 다닐 겁니다. 에헴, 여행 다니려면 체력이 필요할 텐데 지금부터 운동도 좀 해야겠구나.

나정 살부터 먼저 빼지그래? 킥킥.

쌤 동구는 어때요?

동구 저도 이것저것 많이 해보고 싶은데요, 무엇보다도 글을 쓰고 싶어요. 책도 내고, 저의 지난 삶을 돌이켜보면서 기록 같은 것도 남기고 싶어요.

나정 회고록 같은 거 말이지?

동구 응, 그거.

쌤 그래요, 다들 좋은 생각을 하고 있군요. 오늘 살펴볼 〈한중록〉은 일종의 회고록입니다. 혜경궁惠慶宮 홍씨가 회갑 때 처음 썼고, 그 후로도 계속 써서 전부 네 편의 글이 남아 있지요.

붕이 아! 〈한중록〉은 들어봤어요. 영조가 사도세자를 뒤주에 가둬 죽인 거 아니야?

나정 맞아, 사도세자의 아내였던 혜경궁 홍씨가 그걸 쓴 거잖아.

쌤 그래요, 아버지가 자식을, 게다가 성군聖君으로 알려진 영조 임금이 하나밖에 없는 아들을 뒤주에 가둬 죽인 일을 모르는 사람은 없을 겁니다. 그런데 대부분 딱 거기까지만 알아요. 〈한중록〉은 단지 그 사건만 쓴 게 아닙니다. 여기엔 아홉 살에 간택되어 여든한 살에 세상을 뜰 때까지 70여 년의 세월을 궁에서 보낸 한 여성의 삶과 통찰이 담겼어요. 이 시간에 쌤과 같이 살펴보겠습니다. 준비됐나요?

동구 넵.

쌤 1735년 홍씨는 4남 3녀 가운데 오빠 하나를 둔 큰딸로 태어납니다. 당시에 풍산 홍씨 집안은 여러 벼슬을 역임한 명문가였지요. 홍씨는 아홉 살에 동갑인 사도세자의 아내로 간택돼 엄격하게 예절을 배웁니다. 하지만 어린 나이에 궁중 생활은 쉽지 않았지요. 볼까요?

> …… 12일 영조를 알현하고 옷매무새를 고치는데 영조께서 "네 폐백까지 받았으니 훈계 한마디 하자." 하시니라. "세자 섬길 때 부드러이 섬기고, 말소리나 얼굴빛을 가벼이 말고, 눈이 넓어 무슨 일을 보아도 그것들은 모두 궁중에서는 예삿일이니 모르는 체하고 먼저 아는 모습을 보이지 마라." 하시고, "여편네 속옷 바람으로 남편을 뵐 것이 아니니 세자 보는 데 옷을 함부로 헤쳐 보이지 말고, 여편네 수건에 묻은 연지가 비록 고운 연지라 해도 아름답지 않으니 묻히지 마라." 하시니라. 내 그 경계를 명심하여 받고, 속옷과 연지 일은 늘 마음에 두어 조심하니라.

붕이 후유, 훈계 대박.

나정 아……, 영조면 시아버지잖아요. 너무 까칠하신 거 같아요.

동구 임금님이잖아. 아마 굉장히 지엄하신 표정으로 말했을 거야.

나정 그래도 나의 애교로 급방긋하게 할 자신 있는데. 호호.

붕이 헐, 지금 어이없어하는 내 표정 보이지?

쌤 하하, 이건 훈계라기보단 정성 어린 조언이지요. 아무튼 홍씨가 입궁하면서 홍씨 집안에 좋은 일이 벌어집니다. 홍씨의 아버지가 과거에 합격한 것이죠. 아버지는 어사화를 쓴 채로 영조께 인사를 드립니다. 무척이나 흐뭇한 광경입니다.

1750년 홍씨는 첫아들을 낳습니다. 나라의 큰 경사였지요. 그러나 2년 후 아이는 병을 앓다 죽고 맙니다. 모두 애통해했지만, 다시 그해 9월에 아들(훗날의 정조)을 낳지요.

> …… 내 마음도 기쁨이 비할 데 없더라. 주상의 자질이 강보에서부터 비상히 영특하니, 내 스무 살이 못 된 나이로되 마음속으로 떳떳하고 기쁘니라. 이는 인정에 당연한 일이거니와, 그때 이 아들 낳은 것을 일생의 가장 큰 기쁨으로 여겼으니, 내 닥칠 험한 운명에 비추어 이미 앞을 내다보았던가 싶더라.

나정 엄청 기뻤겠네요. 첫아들을 잃은 슬픔 속에 찾아온 행복이니까요.

붕이 근데 '앞으로 닥칠 험한 운명'이라니……, 왠지 불길하다.

쌤 그래요. 1757년 정성왕후가 돌아가시며 나라는 슬픔에 잠깁니다. 그리고 2년 후 영조는 새로운 왕후를 맞이합니다. 바로 정순왕후, 우리가 기억해야 할 인물입니다. 당시 영조는 66세고, 정순왕후는 열다섯 살이었습니다. 홍씨가 스물다섯 살이었으니, 시어머니보다 열 살이나 많았던 셈이지요. 아마 홍씨도 내심 걱정했을 겁니다. 그리고 이것은 나중에 현실이 되지요.

나정 아, 근데 좀 애매하겠다. 열다섯 살 소녀를 시어머니라고 불러야 하는 거야?

동구 그러게. 그래도 왕후잖아. 근데 넌 무슨 생각을 하기에 그리 멍한 표정을 짓냐?

붕이 와, 대단하다. 예순여섯 살에 어떻게 열다섯 살이랑 결혼하지? 요즘이면 잡혀갈 텐데.

나정 어휴, 생각하는 게 꼭 너답다. 말을 말자, 말을 마.

쌤 당시에 홍씨를 힘들게 한 사람은 남편 세도세자였습니다. 사도세자는 의대증衣帶症을 앓았습니다. 옷 한 벌을 입으려면 수십 벌을 가져다 놓고, 그중에서도 골라 입지를 못했지요. 게다가 옷을 불태우고, 시중드는 사람에게 해를 가하기도 합니다. 또 몰래 궁 밖으로 나가 기생들을 데려다 잔치를 벌이기도 했고요. 그런 남편의 곁에서 홍씨는 힘겨워합니다. 목숨을 끊을 생각도 하지만, 차마 목숨을 버릴 수는 없습니다. 이유는 단 하나, 바로 자기 아들 때문이었지요. 어미에게 아들은 삶의 끈이자 희망이었을 겁니다.

붕이 아, 불쌍하다. 그런데 사도세자는 왜 저랬대요? 그리고 왜 영조가 사도세자를 죽인 거예요?

쌤 사도세자가 그렇게 행동한 원인, 또 사도세자의 죽음에 대해선 다양한 의견이 있습니다. 학자마다 보는 견해가 다르거든요. 하지만 홍씨는 이렇게 적었습니다. 이 모든 것은 병이며, 아버지의 사랑을 받지 못했기 때문이라고요.

동구 그렇군요.

쌤 "아버지는 아들을 미워했고, 아들은 아버지를 두려워했다." 우리는 〈한중록〉을 통해 영조와 사도세자의 관계를 추측할 수 있습니다. 그 상황에서 며느리이자 아내인 홍씨는 어땠을까요? 삶은 그야말로 노심초사, 좌불안석이었을 겁니다.

그러다가 결국 그날이 오지요. 영조는 칼끝을 두드리며 아들에게 자결을 명합니다. "내가 죽으면 300년 종사가 망하고, 네가 죽으면 300년 종사는 보존될 것이니, 네가 죽는 것이 옳다."라면서요. 그러고 나서 뒤주를 가져다 놓고 사도세자를 그 속에 들어가게 합니다. 무더운 여름날, 일주일 동안 좁은 뒤주에 갇혔던 세자는 결국 죽지요. 그의 나이 스물여덟 살이었습니다.

붕구 쯧쯧.

쌤 홍씨는 하늘이 무너지는 것만 같았습니다. 하지만 하나 남은 아들마저 잃을 수는 없지요. 홍씨는 중대한 결심을 합니다. "세손을 경희궁으로 데려가 가르치길 바라옵니다." 이렇게 자기 아들을 영조 곁에 머물게 하고, 본인은 친정으로 돌아가지요. 결과적으로 이것은 현명한 판단이었습니다. 손자를 맡게 된 영조는 무척 기뻤던 것 같습니다. 임금은 며느리에게 가효당佳孝堂이라는 집을 지어 친히 현판까지 써주지요. 그리고 여러 우여곡절 끝에 홍씨의 아들, 정조가 조선의 22대 임금으로 등극합니다.

하지만 홍씨의 시련은 끝나지 않습니다. 사도세자를 죽음에 이르게 했다는 이유로 홍씨 가문은 탄핵을 받아 큰 피해를 봅니다. 많은 이가 사사(독약을 먹고 죽음)되거나 유배되기도 했지요.

동구 아들이 왕이 되어 이제 '불행 끝, 행복 시작'일 줄 알았는데……, 의외네요.

쌤 그래요, 물론 슬픔만 계속되진 않습니다. 세월이 흘러 정조는 외가 가족의 죄를 신원(伸冤, 원통한 일이나 억울하게 뒤집어쓴 죄를 풀어버림)해줍니다. 또한 홍씨의 회갑 때는 어머니를 모시고 사도세자의 묘에 가 참배한 후 연회를 베풀지요. 홍씨는 효심 깊은 아들을 보며 마음이 놓였을 겁니다.

망국 중에 생각하니 경모궁 돌아가시던, 하늘이 다 무너질 것 같은 그 시절에 임금은 열 살이 갓 넘은 어린 나이시고, 청연 자매(정조의 여동생들)는 아직 열 살도 안 된 유아이니 장성하기를 미처 헤아리지 못하였더라. 다행히 평안히 길러내어 임금 나이 이제 마흔을 넘으시고 두 딸 또한 그러하니, 이렇게 혈육을 보전하여 거느리고 와서 경모궁께 뵈니, 서러운 중에도 내 당신 자녀를 잘 길러냄을 그윽이 고하며 "당신께서 끼치신 빛이 있어 할 수 있었노라."라고 말하였노라.

나정 아, 글 속에서 만족스러움이 묻어나네요. 다행이다.

쌤 그래요, 여러분도 알다시피 정조는 성군聖君입니다. 규장각을 설치해 학문을 장려하고, 인재를 양성하며, 밤낮으로 국가 대사를 챙겼지요. 그런 아들을 보며 홍씨는 말년에 찾아온 평안과 행복을 느꼈을 겁니다.

그러나 안타깝게도 정조가 돌연 세상을 뜹니다. 마흔아홉이란 젊은 나이였지요. 게다가 홍씨는 어린 손자(순조)를 대신해 수렴청정하게 된 정순왕후와는 극도로 대립합니다. 그간의 걱정이 현실로 다가온 것이죠. 홍씨 집안은 또다시 숙청되어 멸문滅門 위기에 처합니다.

붕이 음…….

쌤 사람은 누구나 자신이 원하는 삶을 꿈꿉니다. 하지만 쉽지만은 않아요. 홍씨 역시 마찬가지였을 겁니다. 〈한중록〉 곳곳에 자주 보이는 단어가 있습니다. 지통至痛, 아픔에 이르렀다는 말이에요. 홍씨는 서럽고 또 서럽다고 한탄했습니다. 정신 질환을 앓던 남편의 비극적 죽음, 아버지와 형제들의 죽음과 집안의 몰락, 자기보다 먼저 세상을 뜬 아들……. 이 모든 걸 지켜보며 홍씨는 아프고 서러웠겠지요.

영조의 며느리, 사도세자의 아내, 정조의 어머니로 평생을 산 혜경궁 홍씨의 삶은 파란만장했습니다. 하지만 홍씨는 꺾이지 않았습니다. 한스러운 세월 속에서도 삶의 가치를 지키고자 했지요. 그리고 생의 끝자락에서 붓을 들고 평생을 반추합니다.

동구 그렇군요. 아마도 담담한 마음으로 한 장면 한 장면 떠올렸을 것 같아요.

나정 이 작품은 결국 홍씨가 자신의 의지로 쓴 거네요.

쌤 그래요. 쌤은 〈한중록〉을 무척 좋아합니다. 살면서 때때로 힘들 땐 이 작품을 다시 한번 들춰보기도 하지요. 홍씨가 남긴 기록을 읽으면 삶이 얼마나 격정적인지, 그 파고를 견뎌내는 인간은 얼마나 숭고한지를 생각하게 되거든요. 오늘은 우리 문학에 길이 남을 한 편의 회고록을 살펴보았네요. 이것으로 마칩니다.

나정 감사합니다.

쌤의 한마디 

구불구불한 길, 평탄한 길, 울퉁불퉁한 길, 매끄럽게 포장된 길, 오르막길 그리고 내리막길……. 같은 길이라 해도 그 종류는 무척 다양하지요. 어쩌면 우리네 삶도 마찬가지일 겁니다. 인생역정人生歷程이란 말처럼 우리가 걸어야 할 길이 어떠할지는 알 수 없습니다. 함부로 예측할 수 없고, 미리 걸어볼 수도 없지요. 그러나 겁내지 마세요. 우리가 길을 '걸어낸' 뒤, 그 끝에서 되돌아볼 때 진정한 삶을 완성할 테니까요.

〈한중록〉,
생의 끝자락에서 평생을 반추하다

〈한중록〉은 혜경궁 홍씨가 61세부터 71세까지에 네 차례에 걸쳐 쓴 회고록입니다. 원본은 남아 있지 않고, 다섯 종의 필사본이 남아 있지요. 제목도 〈한중록閑中錄, 恨中錄〉, 〈읍혈록泣血錄〉 등으로 다양하게 전합니다.

이 작품은 여러 측면에서 중요한 의미가 있는데요. 먼저 정조의 어머니이자 사도세자의 빈嬪이라는 높은 위치의 인물이 궁에서 일어난 일을 치밀하게 기록해 보여주었다는 점에서 역사적 의의가 있습니다. 또한 고상하고 단아한 궁중 용어를 사용해 궁궐의 풍속과 예절을 잘 보여주기에 궁정문학으로서도 큰 의의가 있지요. 참고로 이 작품은 〈계축일기〉, 〈인현왕후전〉과 더불어 3대 궁정 수필의 하나로 꼽힌답니다. 마지막으로 여성의 비극적 체험과 한限의 정서를 우리말로 잘 풀어냈기에 여성 문학으로서도 의의가 크답니다.

〈한중록〉은 사도세자의 죽음을 중심으로 합니다. 여기에 부자간의 갈등과 궁중의 음모, 자신의 비극적 삶 등을 상세히 기록했지요. 다만 이 작품에 슬픔만 담기지는 않았습니다. 곳곳에서 홍씨의 따뜻한 성품을 엿볼 수 있는데요, 홍씨가 조카 수영과 최영에게 당부하는 글을 보며 마무리하겠습니다.

> 모름지기 너희들은 할아버지와 아버지의 어진 이름을 떨어뜨리지 말고, 일단 벼슬에 오르면 근신하며, 공손함과 검소함으로 몸을 닦으라. 또 조상과 어버이 섬기는 데 게으르지 말고, 홀어머니를 효로 떠받들고, 또 일가를 화목하게 하라. 셋째 작은할아버지와 막내 작은할아버지를 친할아버지 섬기듯 받들고, 여러 작은아버지 공경하기를 아버지 보듯 하라. 불쌍한 고모를 후대하여 어머니 보듯 하고, 사촌 동생들을 성심으로 사랑하여 친동생과 다름없게 하라.

주체성
저는 세상 앞에
당당히
설 것입니다

잘 먹고 잘사는 건 다 내 덕이지요!

<삼공본풀이>

나정 안녕하세요, 쌤. 오셨어요?

쌤 반갑습니다. 다들 일찍 와 있었네요.

붕이 넵, 방금 저희끼리 모여서 이야기하고 있었답니다.

쌤 무슨 이야기요?

붕이 〈삼공본풀이〉가 무슨 뜻인지 각자 생각해봤지요.

쌤 와, 그런가요? 그렇지 않아도 물어보려고 했는데 잘됐네요. 무슨 뜻 같나요?

동구 삼공三公은 예전에 높은 벼슬을 의미했다고 알거든요. 영의정, 좌의정, 우의정. 그런데 그다음은 잘 모르겠어요.

붕이 저도요. 그리고 화풀이는 알겠는데 본풀이는 도통 모르겠네요.

나정 본래의 근원을 풀이한 것? 으음……, 어렵다.

쌤 하하, 괜찮습니다. 삼공이 높은 벼슬에 오른 삼정승을 뜻하는 건 맞아요. 시조에도 자주 나오지요. 하지만 이 작품에선 다른 의미예요. 아무튼 여러분 나름대로 그 뜻을 찾으려는 걸 보니 아주 기특하네요.

자, 제주도에는 독특한 여러 신화가 전해져 오는데요, 그중 '삼공신神'이 있어요. 그리고 '본풀이'는 나정이가 잘 설명했습니다. 근본本을 풀어서 설명한 것인데, 일반적으로 신의 내력이나 역사를 설명하지요. 즉, 〈삼공본풀이〉는 '삼공신의 근본 내력을 설명한 무속 신화'랍니다.

나정 아하, 그렇군요.

쌤 삼공은 다른 말로 '전상'이라고도 하는데, 이는 '운명'을 뜻한답니다. 자, 운명의 신이 과연 어떤 삶을 살았는지 함께 살펴보지요.

옛날에 거지 남녀가 결혼해 딸 셋을 낳았습니다. 부부는 셋째 딸이 태어나면서부터 재산을 모으더니 큰 부자가 되었지요. 15년이 지난 어느 날, 아버지는 세 딸을 불러놓고 너희가 누구 덕에 이렇게 먹고 사느냐고 묻습니다. 여러분한테도 한번 물어볼까요? 오늘 저녁에 가족이 모여 밥을 먹는데, 아버지께서 "너는 누구 덕에 이렇게 먹고 사는지 아느냐?"라고 물으시면 뭐라고 대답할 건가요?

붕이 음……, 갑자기 좀 뜬금없네요. 그래도 뭐, 아버지 덕분이지요. 땡큐, 파더!

나정 그래, 멋진 시계도 사주셨잖아. 그렇지?

붕이 헤헤, 생각해보니 그러네.

쌤 동구는 뭐라고 대답할 건가요?

동구 저도 좀 당황스럽긴 한데요, 그래도 부모님이 열심히 일하셔서 제가 살 수 있겠지요. 아닌가?

나정 저라면 반대로 여쭤볼 것 같아요. "왜 갑자기 그런 걸 물으시나요?"라고요.

붕이 오, 역시 한 성깔 있으셔!

쌤 그렇군요. 좋습니다. 첫째 딸 은장애기와 둘째 딸 놋장애기는 대답합니다. "하느님 지하님 부모님 덕으로 잘산다."라고 말이지요. 그러나 셋째 딸 가믄장애기의 대답은 조금 달랐습니다.

내 배또롱 아래 선그믓 덕으로 입고 먹고 합니다.

동구 무슨 뜻인가요?

쌤 배또롱은 '배꼽'이고요, 선그믓은 '배꼽부터 생식기까지 내리그어진 선'을 뜻합니다. 옛날에는 여자가 선그믓이 짙을수록 복이 많고 잘산다는 민간신앙이 있었는데요, 결국 셋째 딸의 대답은 이렇습니다. "잘 먹고 잘사는 건 다 내 덕이지요!"

붕이 킥킥.

쌤 재미있지요? 그런데 이 말에 아버지는 잔뜩 화가 났습니다. 셋째는 결국 집에서 쫓겨나지요. 가믄장애기가 대문을 나설 때입니다. 어머니는 쫓겨난 딸이 불쌍해 식은 밥이라도 먹고 가게 하려고 첫째와 둘째를 시켜 동생을 불러오도록 합니다. 하지만 언니들은 동생이 미웠나 봅니다. 둘은 동생을 멀리 쫓아내려고 부모님이 때리러 온다고 거짓말하지요.

가믄장애기는 이를 괘씸하게 여깁니다. 그래서 첫째 언니는 지네로, 둘째 언니는 버섯으로 만들어버립니다. 또 부모는 딸들의 소식이 없자 궁금해서 문을 열고 나오다가 문설주(문의 양쪽에 세운 기둥)에 눈을 부딪쳐 결국 맹인이 되지요.

동구 헉!

붕이 헐, 이거 뭐 패륜 소설인가요? 순식간에 가정이 파탄 나네요.

나정 그러게. 무섭네요.

쌤 하하, 무서운 작품 아니니까 너무 걱정하지 말아요. 여기 담긴 의미는 이따가 설명해줄 테니까요.

자, 집을 나온 가믄장애기는 길을 걷다 깊은 산속 허름한 초가집에 도착합니다. 이곳엔 늙은 부모와 세 아들이 살고 있었지요. 저녁때 일을 마치고 돌아온 첫째 아들은 가믄장애기를 보고 먹일 입이 하나 늘었다며 불평불만을 늘어놓습니다. 둘째 역시 마찬가지였어요. 하지만 셋째 마퉁이는 좀 달랐습니다. 마

퉁이는 환히 웃으면서 우리 집에 여자가 들어왔으니 하늘이 돕는 것이라며 기뻐했지요.

이제 저녁밥을 먹을 시간입니다. 세 형제는 마를 캐다 먹고 살았는데요, 첫째는 마를 삶아 부모에게 꼬리 부분만 떼어주고 자기는 큰 몸통을 먹지요. 아버지, 어머니는 세상에 먼저 태어나 지금까지 많이 먹었으니 조금만 드시라는 말도 덧붙여서요. 둘째 역시 마찬가지입니다. 하지만 셋째는 달랐습니다. 아버지, 어머니가 자기들을 낳아 키우느라 얼마나 힘들었고 이제 살면 얼마나 살겠느냐면서 큰 몸통을 부모께 드리고 자기는 조금만 먹지요.

나정 어머나! 첫째랑 둘째는 나쁜 놈들이네요. 어쩜.

쌤 그래요, 그 모습을 지켜보던 가믄장애기 역시 같은 생각이었겠죠? 가믄장애기는 셋째 마퉁이가 가장 쓸 만한 존재라 생각하며 그날 밤을 함께 보냅니다.

다음 날 아침, 가믄장애기는 이들에게 마를 캐는 곳에 구경하러 가겠다고 합니다. 다 같이 길을 나섰는데요, 첫째가 있는 곳에는 똥만 가득했지요. 둘째가 있는 곳 역시 지네와 뱀으로 가득했습니다. 한편 셋째가 있는 곳엔 자갈이 널려 있었는데요, 이것들을 주어다 흙을 터니 모두 금덩이가 되었네요. 셋째는 이제 큰 부자가 됩니다.

한편 가믄장애기가 떠난 후, 그 집안은 어떻게 되었을까요? 눈이 먼 부모는 할 수 있는 게 없었지요. 그들은 재산을 전부 탕진 하고 다시 거지가 됩니다. 이 사실을 안 가믄장애기는 남편에게 말합니다.

우리는 이리 잘 살아도 날 낳아준 어머님, 아버님이 틀림없이 거지가 되어서 이곳저곳 돌아다닐 것입니다. 아버님, 어머님이나 찾아봐야 하겠습니다. 거지 잔치나 하여봅시다.

자, 이제 잔치의 마지막 날입니다. 거지가 된 부모가 나타나자 가믄장애기는 이들을 불러 그동안 살아온 이야기를 해보라고 합니다. 부모가 지금까지의 삶을 말하자 가믄장애기는 술잔을 권하며 자신이 누구인지를 밝히지요. 그 순간 부모는 놀라서 술잔을 떨어뜨리며 눈도 뜹니다. 작품은 이렇게 끝나지요.

붕이 어랏? 마지막 부분은 왠지 〈심청전沈淸傳〉이랑 비슷하네요.

나정 그리고 중간에 마 캐는 곳에서 금을 발견해 잘살게 되는 것도 어디선가 본 것 같은데……. 아, 맞다! 〈서동요薯童謠〉.

쌤 그래요. 잘 아는군요. 처음에 이 작품은 무속신화라고 했지요. 아주 오래된 이야기인데요, 여기 나오는 화소話素들은 훗날 민담·전설을 비롯해 판소리·소설 등으로 흘러갑니다. 결국 모든 이야기의 원형이라 할 수 있지요.

동구 아, 그렇군요.

쌤 우리는 여기서 주인공 가믄장애기에 대해 생각해볼 건데요, 일단 어떻게 생각해요?

붕이 아, 진심 무서워요. 맘에 안 든다고 벌레로 변신시키고, 또 눈을 멀게 했다가 다시 뜨게 하고……. 나중에라도 저런 딸은 절대 낳지 말아야지.

나정 풋, 그런 걱정 안 해도 될 거 같은데? 그 전에 결혼이나 할 수 있을까?

동구 크크.

쌤 하하, 그 부분은 좀 충격적이죠? 쫓겨나면서 가믄장애기가 한 행동은 잔인해 보이기까지 하니까요. 하지만 이것은 신화입니다. 표면적 내용뿐만 아니라 그 이면에 담긴 의미도 생각해봐야 해요.

두 언니는 쫓겨나는 가믄장애기를 거짓말로 속이려 들었습니다. 이들의 잘못은 명백해요. 부모 역시 마찬가지입니다. "너는 누구 덕에 사느냐?"라는 아버지의 질문에 사실 답은 정해져 있었습니다. 부모 덕분이라는 것이죠. 거기에는 자식을 하나의 인격체로 보기보단 예속된 존재로 보는 시각이 담겼습니다. 이것은 딸들이 자신의 '소유'임을 확인하는 질문이자 남성 중심의 질서를 보여주는 것이지요.

부모님 덕으로 산다는 첫째와 둘째의 대답에 아버지는 만족해 합니다. 하지만 가믄장애기는 달랐습니다. "내 덕에 산다."라고 선언한 가믄장애기는 명확한 자의식이 있었습니다. 가믄장애기는 예속된 존재가 아니라 독립된 존재인 것이지요.

동구 음, 그렇군요.

쌤 가믄장애기는 남성 중심의 질서를 거부하며 진정한 자아를 찾아 나섭니다. 우리는 가믄장애기가 셋째 마퉁이와 인연을 맺게 된 부분에도 주목해야 합니다. 가믄장애기는 누군가의 소개나 권유로 마퉁이와 결혼한 게 아닙니다. 세 아들 중 가장 마음이 착한 셋째를 가믄장애기가 직접 보고 고른 것이죠. 배필을 선택하는 데도 능동적인 태도를 보입니다.

아까 '본풀이'는 신의 내력을 설명한 것이라고 했지요. 가믄장애기는 신神입니다. 가믄장애기는 초월적 능력을 바탕으로 여러 일을 합니다. 먼저 가난과 부富를 주관하는데요, 거지였던 부모를 부자로 만들었다가 다시 가난하게 한 것, 또 가난했던 남편을 부자가 되게 한 것 모두 가믄장애기의 손에 달렸지요.

게다가 가믄장애기는 착한 이에게 복을 주고, 나쁜 이에겐 벌도 내립니다. 마퉁이네 세 형제를 보면 알 수 있잖아요. 눈을 멀게 하고 다시 뜨게 하는 것 역시 가믄장애기의 일입니다. 가믄장애기는 사람의 마음을 보고, 이를 바탕으로 이들의 삶을 바꿔놓습니다. 인간에게 착한 마음가짐을 권하고, 인간의 나쁜 행실을 징치懲治하는 '운명의 신' 역할을 하는 것이죠.

동구 와, 듣고 보니 정말 그러네요.

붕이 대박! 가난과 부를 주관한다니 멋지네요. 혹시 가믄장애기가 그려진 부적 같은 건 없나요? 하나 들고 다니면 좋을 텐데.

나정 야, 잘 좀 들어. 부적이 문제가 아니야. 착한 마음가짐을 권하고 나쁜 행실을 혼낸대잖아. 네가 어느 쪽인지는 말 안 해도 알겠지? 호호.

쌤 하하, 그래요. 가믄장애기는 인간의 길흉화복을 주관합니다. 또한 자기 운명 역시 멋지게 개척해 나가지요. 이런 주체성과 당당함이야말로 우리가 눈여겨봐야 할 점이 아닌가 싶네요. 자, 오늘은 이것으로 마칩니다.

동구 감사합니다.

쌤의 한마디 

미의 여신 아프로디테Aphrodite, 행운의 여신 티케Tyche, 평화의 여신 에이레네Eirene……. 그리스·로마신화에는 다양한 여신이 등장합니다. 사람들도 잘 알지요. 반면에 우리 신화 속 여성은 잘 모르는 사람이 많습니다. 가믄장애기, 자청비, 당금애기, 바리데기……. 순응하는 삶을 거부하고 세상 앞에 당당히 선 그들의 이야기에 좀 더 많은 사람이 귀 기울였으면 하네요.

〈삼공본풀이〉,
우리 신화 속 진취적인 여성을 엿보다

가믄장애기는 어떤 신이 되었던가. 전상을 차지하였으니, 무엇이 전상인가.
장사 일도 전상이요, 목수 일도 전상이요, 농사일도 전상이요,
밥 먹음도 전상이요, 술 먹음도 전상이니, 인간 살이 모든 일이 전상이다.

〈삼공본풀이〉는 제주도의 큰굿에서 불리는 무가巫歌이자, 전상(운명)을 관장하는 삼공신의 근본 내력을 설명한 신화입니다. 주인공 가믄장애기의 출생과 수난 그리고 행복한 결말에 이르기까지의 삶을 보여주지요. 더불어 나쁜 '전상'이 사라지고 좋은 '전상'이 되길 바라는 소망도 담겼습니다.

마를 캐던 땅에서 금덩이가 나와 부자가 된다는 작품 속 이야기는 〈서동설화〉와 같습니다. 또한 자기 복 때문에 잘산다는 내용은 '내 복에 산다' 형 민담과 비슷하지요. 이 민담은 〈막내딸과 숯구이 총각〉으로도 알려졌는데요, 아버지 덕에 잘산다고 대답한 언니들과 달리 "내 복에 산다."라고 대답해 미움받고 쫓겨난 셋째 딸이 가난한 숯

구이 총각을 만나 결혼하고, 신랑 일터에서 금을 발견해 부자가 되었다는 이야기입니다. 그리고 거지 잔치를 열어 눈이 먼 부모를 다시 만나고, 부모가 눈을 뜬다는 삽화 역시 〈심청전〉과 유사합니다. 이를 비추어볼 때 〈삼공본풀이〉는 훗날 다양한 서사문학으로 퍼져 나갔음을 알 수 있지요.

〈삼공본풀이〉에선 진취적인 여성의 모습을 엿볼 수 있습니다. 주인공인 가믄장애기는 의지하는 삶이 아닌 독립적인 삶을 선택합니다. '내 삶의 주인은 나'라는 점에서 당당함이 엿보이지요. 그 과정에서 부모와 갈등을 겪고 쫓겨나지만, 나중에 자기를 버린 부모의 눈을 뜨게 함으로써 관계를 회복하고 화해를 이룹니다.

참고로 서사무가는 말과 창唱을 번갈아가면서 진행합니다. 판소리와 무척 비슷하죠? 또한 무가는 재비(악사)의 악기 반주에 맞춰 이루어지며, 재비가 중간중간 탄성을 지르기도 합니다. 이 역시 판소리에서 고수가 북을 치고, 추임새를 넣는 것과 흡사하지요. 이런 점들은 판소리가 서사무가에서 유래했다고 보는 중요한 근거가 된답니다.

스스로 청해 칼날 위에 오르다

<세경본풀이>

쌤 반갑습니다. 여러분, 잘 지냈나요?

붕이 엇! 쌤, 오셨어요? 오늘도 본풀이예요, 본풀이.

동구 안녕하세요, 쌤. 이번에는 '세경'의 의미만 맞추면 되겠네요. 세경이라……. 음, 뭘까?

붕이 난 이미 알지. 농사를 관장하는 신이야! 참고로 이 작품도 〈삼공본풀이〉처럼 제주도 굿에서 불렸어.

쌤 와우, 대단하네요. 어떻게 아나요?

붕이 쌤, 요즘 제 실력이 쑥쑥 느는 게 보이지 않으시나요? 이래봬도 어디 가서 고전문학 좀 안다는 소리 듣습니다. 에헴, 에헴.

나정 서당 개 삼 년에 풍월을 읊는다더니, 나 원……. 아니, 근데 책

상 서랍에 삐져나온 저 휴대전화는 뭐지?

붕이 앗, 들켰다. 검색 찬스지, 검색 찬스.

나정 어휴, 그럼 그렇지.

쌤 하하, 그래도 배울 작품을 미리 알아보는 자세는 칭찬받을 만해요. 잘했습니다. 자, 지난 시간에 이어 오늘도 본풀이입니다. 〈세경본풀이〉는 농경신 자청비의 사랑과 이별 그리고 고난과 극복을 그리지요. 여기에는 두 남성이 등장하는데요, 문도령과 정수남입니다. 나정이한테 한 가지 물어볼게요. 나정이는 단정하고 잘생긴 데다 바람기 넘치는 꽃미남이 좋나요? 아니면 적극적이고 우직하면서 열정 넘치는 짐승남이 좋나요?

나정 꽃미남? 짐승남? 아……, 누굴 선택할지 모르겠네요. 둘 다 좋아하면 안 될까요? 호호.

붕이 저 표정 좀 보게나. 킥킥.

쌤 하하, 이 작품에선 문도령을 미소년, 정수남을 짐승남 캐릭터로 이해하면 더 흥미로울 겁니다. 주인공 자청비와 이들 사이에 펼쳐지는 사랑과 이별 이야기는 무척 흥미롭지요.

나정 왠지 이 작품을 사랑하게 될 것 같네요. 얼른 들려주세요, 쌤.

쌤 자, 볼게요. 김진국과 조진국 부부는 늦도록 자식이 없어 걱정하였습니다. 이들은 아들을 원했으나 절에 시주한 재물이 한 근이 모자라서 딸을 점지받지요. 부모는 아이의 이름을 자청비라고 짓습니다.

열다섯 살이 된 자청비가 물가에 앉아 빨래할 때였습니다. 마침 글공부하러 하늘나라에서 지상으로 내려온 문도령이 그 옆을 지나가다 목이 말라 물 한 잔을 청하지요. 자청비는 물이 든 바가지에 버들잎을 띄워 건넵니다. 급하게 물을 마시다 체할까 봐 일부러 그렇게 한 것이죠.

동구 어라, 이 이야기 들어본 것 같은데요. 어디였지?

쌤 물에 띄운 버들잎 모티프는 고려의 태조 왕건과 장화왕후의 만남 때 나오지요. 조선 태조 이성계와 강씨(신덕왕후)와의 만남에도 나오고요. 이 신화가 훗날 여러 민담의 바탕이 된 것을 알 수 있답니다.

동구 아하, 그렇군요.

쌤 흥미롭게도 먼저 사랑에 빠진 건 자청비입니다. 꽃미남 문도령을 보고는 반한 것이죠. 하지만 남녀칠세부동석이란 말도 있듯, 여자가 남자를 따라가기는 어려웠습니다. 그때 자청비에게 좋은 생각이 떠올랐어요. 자청비는 집에 남동생이 있는데 글공부하러 보내도 되겠느냐고 문도령에게 묻습니다. 그리고 허락을 받은 후 집에 들어가 남장하고 나왔지요. 부모님껜 글공부하러 떠나겠다고 말하고요.

나정 어머.

쌤 굉장히 적극적이지요? 자, 이제 '자청도령'은 문도령과 함께 서당에서 한방에 머무르며 공부합니다. 그런데 문도령이 보기에

조금 이상합니다. 자청도령이 혹시나 여자가 아닐까 하는 의심이 들지요. 그래서 '오줌 멀리 누기' 내기를 제안합니다. 하지만 자청비는 지혜를 발휘해 자신이 여자임을 들키지 않지요.

붕이 어떻게요? 어떻게요?

나정 너 엄청 궁금해한다. 호호.

쌤 하하, 대나무 대롱을 바지춤에 넣어 더 멀리 보낸 것이죠. 또한 달리기와 씨름도 했지만, 자청비는 힘이 아닌 지혜로 문도령을 번번이 이겼답니다.

자, 이렇게 3년이 흘렀습니다. 문도령의 아버지로부터 편지가 왔는데, 이제 공부를 끝내고 하늘나라로 돌아와 서수왕의 막내딸과 혼인하라는 내용이었지요. 이제는 떠날 시간입니다. 두 사람이 처음 만난 물가에 이르자 자청비는 목욕이나 하고 가자고 말합니다. 그러고 나서 윗물로 올라가 버들잎에 편지를 써서 아랫물에 있는 문도령에게 흘려보냈지요.

"눈치 없는 문도령아, 3년을 한방에 같이 살면서 여자인 줄도 모르고 잠만 자는 바보 문도령아!"

그제야 문도령은 자청도령이 여자인 것을 눈치챕니다. 모든 사실을 알게 된 문도령은 자청비와 인연을 맺고 사랑을 확인합니다. 그리고 자청비에게 증표(얼레빗과 복숭아씨)를 남기고 하늘나

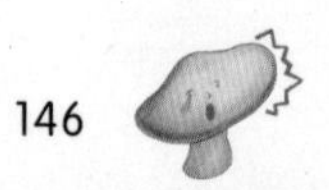

라로 떠나지요.

나정 아, 3년이나 걸려 어렵게 이루어진 인연인데 곧바로 이별이네요.

동구 여자가 남자로 변장해 함께 공부하다가 사랑에 빠진다는 내용은 전에 배웠던 〈양산백전〉이랑 비슷하네요.

쌤 그렇지요? 문도령은 떠난 뒤로 오랫동안 연락이 없었습니다. 자청비는 문도령이 몹시 그리웠지요. 한편 자청비의 집에는 정수남이란 하인이 있었는데요, 괄괄하고 적극적인 정수남은 어느 날 집안의 소 아홉 마리와 말 아홉 마리를 잡아먹고 늦게 돌아왔지요. 그러고 나서 혼이 날까 봐 두려워 거짓말합니다. 산속에서 문도령이 선녀들과 노는 걸 구경하느라 소와 말을 잃어버렸다고 말이에요.

그 이야기에 자청비의 눈은 크게 떠집니다. "문도령이라고?" 이제 그깟 소와 말이 문제가 아니지요! 다음 날 아침, 자청비는 정수남을 데리고 문도령을 봤다는 곳으로 곧장 향합니다. 하지만 평소 자청비를 짝사랑하던 정수남은 이런저런 거짓말로 자청비를 속이고 그의 몸을 범하려 합니다. 이에 자청비는 꾀를 내어 상황을 모면하다가 정수남을 죽게 만들지요.

붕이 헐, 이런 일이.

쌤 하지만 집에 돌아온 자청비는 더욱 황당한 일을 겪습니다. 딸이야 시집가면 그만인데 일 잘하는 종을 죽였으니 어찌 살아가겠느냐며 부모는 딸을 나무랐지요. 그러고는 자청비를 쫓아냅니다. 자청비는 정수남을 살리고자 생명꽃을 얻으려고 남장한 후 서천꽃밭(제주도 무속 신앙에서 서역 어딘가에 있다는 꽃밭)으로 향하지요.

그곳으로 가는 길은 험난했습니다. 우여곡절 끝에 도착한 자청비는 꽃감관 집안의 사위가 된 후 생명꽃을 얻습니다. 그리고 남장한 자기 정체가 들통날까 봐 결혼식 다음 날 아침, 과거 시험을 보러 떠난다고 둘러대고는 길을 떠나지요. 집에 돌아온 자청비는 정수남을 살려냅니다. 하지만 부모는 여자가 사람을 죽였다가 살렸다가 한다며 다시 자청비를 내쫓아요.

동구 허, 이야기가 묘하게 돌아가네요. 하인을 죽여 쫓겨났다가, 남장하고 다른 집안 사위가 되었다가, 사람을 살리고는 다시 쫓겨나다니…….

쌤 그래요, 이별을 겪고 방황하는 자청비의 모습이 잘 드러나지요. 이리저리 떠돌던 자청비는 마고할멈의 수양딸이 됩니다. 마침 할멈은 문도령 혼례 때 바칠 비단을 짜고 있었는데요, 자청비는 거기에 자기 이름을 몰래 새겨 넣지요.

하늘나라에서 이것을 본 문도령은 곧바로 자청비를 찾아옵니다. 꿈에도 그리던 문도령을 만나게 되었으니 자청비가 얼마나 기뻤을까요? 그런데 여기서 문제가 생깁니다. 문도령이 문밖에 찾아오자 자청비는 문도령에게 창호문으로 손가락을 넣으면 확인해보겠다고 했는데요, 문도령이 손가락을 넣자 그간 기다

리게 한 것이 원망스럽기도 하고 장난기도 발동해 자청비가 바늘로 콕 찌른 것이죠. 그러자 화가 난 문도령은 자청비의 얼굴도 보지 않고 다시 하늘로 돌아가 버립니다. 할멈은 스스로 복을 쫓아버리니 부모한테도 쫓겨난 것이라며 자청비를 혼내고 내쫓지요.

나정 헐, 남자가 쪼잔하고 어이없네. 장난칠 수도 있지. 그런 거로 화내고 다시 돌아가냐.

붕이 왜 그렇게 정색하고 그래? 바늘이 얼마나 아팠으면 그랬겠어? 응?

쌤 하하, 그보다는 참으로 힘든 인연임을 드러내려는 하나의 문학적 장치겠지요. 그러나 포기할 수만은 없지요. 이제는 자청비가 문도령을 찾아 떠납니다. 자청비는 물을 길으러 온 선녀들을 도와주고 마침내 하늘나라에 다다릅니다. 그리고 어렵사리 문도령을 만나 사랑을 확인하지요.

하지만 이들 앞에는 또 다른 시련이 있습니다. 문도령은 이미 서수왕의 딸과 결혼하기로 되어 있었잖아요. 하지만 둘의 진심을 확인한 문도령의 부모는 결국 '며느리 대결'을 펼칩니다.

자, 쉰 자 깊이의 구덩이가 놓여 있습니다. 그 안에는 벌겋게 달아오른 숯불이 가득하고, 구덩이 위로는 칼날이 걸쳐 있지요. 그 위를 통과해야만 며느리가 될 수 있습니다. 서수왕의 딸은 감히 도전하지 못합니다. 하지만 자청비는 용기를 내어 칼날

위를 걷지요. 그리고 드디어 며느리로 선발됩니다. 시험에서 진 서수왕의 딸은 분통이 터진 나머지 시름시름 앓다가 결국 목숨을 잃고 새가 됩니다. 전통 혼례 때 신부가 잔치 음식을 조금 덜어 상 아래 놓는 것은 이때 죽은 서수왕의 딸을 달래려는 것이라 전해지지요.

동구 아, 그런 사연이 있군요.

붕이 갑자기 그게 떠오르네요. 무당이 작두 타는 거요. 저 어렸을 때 직접 본 적 있어요.

나정 헐, 어땠는데? 말 좀 해봐.

붕이 사람이 칼 위에 올라가서 막 걸어 다니니까 진짜 신기하더라고. 근데 지금 생각해보니까 조금 사기 같기도 해.

쌤 자, 자청비는 시험을 통과해 문도령과 결혼하지요. 이후에도 많은 일이 펼쳐집니다. 둘 사이를 질투한 사람들이 문도령에게 술을 먹여 결국 그를 죽인 일, 자청비가 다시 서천꽃밭의 생명꽃을 얻어와 남편을 살린 일, 꽃감관의 사위 노릇을 해야 했기에 문도령을 보내어 한 달 중 보름은 그곳에서 사위로 살고 나머지 보름은 자신과 살게 한 일, 어느 날부턴가 두 집 살림하던 문도령에게서 연락이 없어 걱정한 일, 결국은 꾀를 내어 부모님이 돌아가셨다고 거짓 편지를 보내 남편을 돌아오게 한 일 등 이야깃거리는 아주 다채롭지요.

하늘나라에 변란이 일어나자 자청비는 서천꽃밭에서 가져온

악심꽃(멸망의 꽃)으로 난을 진압합니다. 그리고 옥황상제에게 오곡 씨앗을 받아 인간 세상에 내려오지요. 자청비는 씨앗을 뿌리고 농사를 보살피는 농경신이 됩니다. 또한 정수남은 마소 馬牛를 관장하는 목축신이 되지요. 여기서 문제 하나 내지요. 농경신을 여성으로 설정한 이유는 무엇일까요? 거기엔 어떤 의미가 담겼을까요?

붕이 옛날에는 여자가 농사를 지었나? 아니면 여자가 좀 더 꼼꼼해서 수확량이 좋으니까? 음……, 옆에 있는 애를 보면 그건 아닌 거 같은데.

나정 땡! 말이 되는 소리를 해라. 정답은 '다산과 풍요' 아닌가요?

쌤 딩동댕, 정답입니다. 사실 농경신이 여성인 건 세계적으로 보편적인 현상입니다. 여성은 본래 생산과 번식 능력을 갖추었으니까요. 농경에서의 잉태나 결실(열매 맺음)과 일치하는 점이 있지요.

이 작품에서 문도령은 상세경, 자청비는 중세경, 정수남은 하세경이 됩니다. 이것은 각각 하늘·땅·목축을 뜻하는데요, 농사란 본래 땅과 하늘이 함께 주관합니다. 씨앗을 땅에 심더라도 그것을 키우는 건 태양과 바람, 비니까요. 또 마소를 이용한 노동력도 필요하겠지요.

붕이 아, 정말 그러네요.

쌤 여러분은 한의 정서에 대해 들어봤을 겁니다. 지금까지 배운 많은 조선 시대 작품에서 여성은 대개 소극적, 순종적이었습니다. 이들은 욕망을 감추고, 부모를 거스르지 않으며, 남편이 떠나더라도 속으로 울분을 삭여야만 했지요. 하지만 〈세경본풀이〉의 자청비는 당당했습니다. 어떤 면에서 그랬는지 한번 말해볼래요?

나정 음, 감정과 욕망을 숨기지 않고 용기 있게 추구해요. 첫눈에 반한 문도령과 함께하려고 스스로 남장하고 따라가잖아요.

동구 하늘나라까지 찾아가 시험을 통과한 뒤 결혼에 성공하는 것도 흥미로워요. 결국은 사랑을 쟁취하니까요.

붕이 두 집 살림하는 문도령에게 거짓 편지를 써서 데려오는 것도 재미있어요. 체념하거나 슬퍼하지만 않고 적극적으로 움직여요. "어렵게 잡은 널 절대 놓아주지 않겠어!"라며 말이에요.

쌤 하하, 다들 훌륭합니다. 이 작품에선 사랑을 향한 진취성을 엿볼 수 있지요. 때론 엉뚱하지만 재기발랄하고 에너지 넘치는 자청비의 모습도 무척 매력적입니다. 자, 오늘은 이것으로 마칩니다.

나정 감사합니다.

쌤의 한마디

'자청비自請妃'라는 이름, 여러분은 어떤가요? 본래 이 이름은 '스스로 청하여 태어난 아이'를 뜻합니다. 그런데 그 뜻에 대해 누군가 다른 해석을 내놓더라고요. '자청해서 비雨를 부르는 신'이라고요. 농사에 물은 필수적이지요. 천상에 올라 남편을 얻었듯, 하늘에 비를 내려달라고 요구하는 자청비의 모습이 그려집니다. '스스로'를 뜻하는 '자自' 자에서 적극성도 느껴지고요. 왠지 후자 쪽이 맘에 드네요.

〈세경본풀이〉,
다양한 인물이 빚어낸 농경 기원 신화

〈세경본풀이〉는 농경 기원 신화입니다. 여기에선 땅의 자청비와 하늘의 문도령 사이의 사랑이 주된 내용을 이루는데요, 농사에서 열매를 맺으려면 하늘과 땅의 결합이 중요하지요. 그러한 인식이 이 이야기에 작용했음을 알 수 있답니다.

이 작품에서 흥미로운 인물은 정수남입니다. 자청비의 하인인 정수남은 자청비에게 거짓말하고, 나중에는 자청비를 겁탈하려고 합니다. 그러다가 결국 자청비에게 죽임을 당하지요. 이것으로 볼 때 정수남을 충분히 적대적 인물로 볼 수 있는데요, 정수남은 다시 살아나는 데다 나중에는 신이 되어 가축을 관장합니다. 이것이 무엇을 의미한다고 봐야 할까요?

이 부분은 좀 더 깊이 생각해보아야 합니다. 정수남의 행동 때문에 자청비는 수많은 고난을 겪습니다. 정수남을 죽인 후 집에서 쫓겨나고, 또한 살려낸 후에도 쫓겨나니까요. 하지만 이를 통해 자청비는 집을 떠나 자신의 사랑(문도령)을 찾아 나서고 세상을 경험합니다. 또 용기와 지혜를 발휘해 어려움을 극복할 기회를 얻지요. 인간 자청비가 신으로 변모하는 데 정수남이 중요한 원동력을 제공

한 셈입니다.

참고로 신화에는 '트릭스터Trickster'가 등장합니다. 이들은 선과 악, 파괴와 생산 같은 완전히 다른 양면성을 겸비한 인물입니다. 또한 변화무쌍하고, 예측할 수 없으며, 때때로 거짓말하는 장난꾸러기의 속성을 지녔지요. 그 예로 그리스신화의 오디세우스Odysseus나 북유럽신화의 로키Loki 등을 들 수 있습니다. 이런 트릭스터는 웃음과 생기를 불어넣고 갈등을 조장하며 사건을 전개하는 역할을 하지요. 〈세경본풀이〉의 정수남 역시 이런 인물로 볼 수 있답니다.

이 신화는 농사와 관련한 재미있는 일화도 전합니다. 결말 부분에서 자청비가 오곡 씨앗과 열두시만국(가을에 거둬들이는 곡식의 총칭)을 가지고 하늘나라에서 내려오는데요, 지상에 도착해보니 깜빡 잊고 메밀 씨를 두고 온 것이죠. 다시 하늘에 가서 가져오는 바람에 메밀은 다른 것들보다 수확 시기가 조금 늦게 되었다고 전합니다. 참고로 이 신화의 배경이 된 제주도는 생산량과 재배 면적이 전국 1위인 메밀의 주산지입니다. 국내 최대의 메밀밭도 제주시 오라동에 있지요. 나중에 이곳에 들를 때 '자청비'를 떠올려보면 어떨까요?

인생 지향점
나는
내 삶의 가치를
지킬 것이오

형 대신 장가간 내 이야기, 한번 들어볼래?

〈김효증전〉

붕이 아침부터 뭘 그렇게 열심히 보냐?

동구 내일 수행평가잖아. 수업 시간에 배웠던 시조들 다시 한번 보고 있지.

붕이 헐! 정말? 내일이 수행평가라고? 근데 왜 난 몰랐지?

나정 수업 시간에 졸았으니까 몰랐겠지, 호호. 근데 이건 〈조홍시가早紅柹歌〉 아냐?

동구 맞아. '반중 조홍감이 고아도 보이ᄂᆞ다 / 유자 안이라도 품엄즉도 ᄒᆞ다마ᄂᆞᆫ / 품어 가 반기리 없슬ᄉᆡ 글노 설워ᄒᆞᄂᆞ이다.'

쌤 잘 아는군요. 좀 더 설명해볼래요?

동구 앗, 쌤 오셨어요? 음, 이 시에서 화자는 작은 상 위에 있는 홍시

를 보고 곱다고 생각해요. 그리고 그걸 보고 회귤고사懷橘古事를 떠올리는 거죠.

붕이 엥, 그게 뭐야?

나정 중국에 육적陸績이란 사람이 살았는데, 집에 계신 부모님께 드리려고 잔치 때 가슴에 귤(유자)을 몰래 품어간 얘기잖아. 수업 좀 잘 들으라고.

동구 아무튼 육적이 아니어도 품어갈 법하지만, 그걸 가져가도 반기실 분이 없으니 서럽다는 거지. 돌아가신 부모님에 대한 그리움을 잘 드러내는 시야.

붕이 아하, 그렇구나.

쌤 잘 설명했습니다. 참고로 효孝라는 글자에선 아들子이 노인耂을 업고 있습니다. 자식이 노인을 봉양한다는 뜻이 담겼지요.

전통적으로 효는 우리 사회의 핵심적인 가치였습니다. 하지만 현대에는 너무나 퇴색해버렸지요. 요즘 시대에 '효자', '효녀'라는 말을 듣긴 어려우니까요. 오늘 살펴볼 작품은 이것과 관련이 있습니다. 주제가 무거워 보이지만, 그래도 무척 재미있지요. '대신 든 장가' 이야기도 나오니까요.

붕이 헐, 장가를 대신 갔다고요? 얼른 들려주세요, 쌤.

쌤 하하, 그래요. 조선 시대 한양에 김형식이라는 이가 있었습니다. 호조계사(호조에 속해 회계 실무를 맡아보던 종팔품 벼슬)였던 김형식은 공금 3만 냥을 쓰고 갚지 못해 옥살이하게 되었지요. 한편 열네 살 먹은 아들 효증孝曾은 정성을 다하여 아버지를 옥바라지했습니다. 하지만 돈을 갚지 못하면 아버지가 집으로 돌아올 수 없었지요. 이에 효증은 큰 결심을 하고 집을 나섭니다.

경상도 안동에 도착한 효증은 그 지역 최고 갑부인 김동지의 집으로 갑니다. 효증은 자신의 사연을 밝히고 그곳에서 심부름하며 지내게 되지요.

김동지는 효증이 마음에 들었습니다. 용모도 단정한 데다 옥에 갇힌 아버지를 위해 일한다니까요. 하지만 예나 지금이나 아무나 데려다 쓸 순 없겠지요. 김동지는 몇 가지를 시험합니다. 효증이 다니는 길가에 돈이나 보물을 떨어뜨려 놓고 어떻게 행동하는지를 보지요.

나정 붕이라면 주머니에 쏙 넣었겠네요.

붕이 야, 소탐대실小貪大失 몰라?

나정 네가 한자 성어 쓰니까 정말 안 어울리는 거 알지? 호호.

쌤 하하, 효증은 정직했습니다. 물론 붕이도 그렇겠지만요. 주인에게 곧바로 가져다주는 모습을 보며, 동지는 효증을 친아들처럼 아끼고 사랑하게 되지요. 효증 역시 동지를 아버지처럼 각별히 모십니다.

동구 아주 훈훈하네요.

쌤 그렇죠? 하지만 누구에게나 어려움은 있기 마련이지요. 김동지에겐 근심거리가 있었습니다. 바로 친아들 석이었어요. 열네 살

로 효증과 동갑인 석은 몸이 불구였습니다. 한쪽 눈은 보이지 않고, 절뚝발이(한쪽 다리가 짧거나 탈이 나서 뒤뚝뒤뚝 저는 사람)인데다 한쪽 팔은 곰배팔(꼬부라져 붙어 펴지 못하게 된 팔)이었지요.

나정 어머.

쌤 조선 시대에 열네 살이면 혼사를 앞둔 나이입니다. 하지만 김동지의 아들에게 딸을 보내려는 집안은 없습니다. 아무리 집이 부자여도 아들을 장가보낼 수 없었던 김동지는 속이 타들어 갔지요.

그러던 어느 날 참한 규수가 있다는 소식을 듣습니다. 전라도 지역에 사는 큰 부자의 딸인데, 용모가 빼어나고 성품도 정숙하다고 들었지요. 김동지는 어떻게든 그를 며느리로 맞이하고 싶었습니다. 하지만 아들을 보니 한숨만 나올 뿐이었죠. 며칠 밤낮을 고민하다가 김동지는 홀로 읊조립니다.

"권도(權道, 목적을 달성하고자 임기응변으로 하는 방도)가 있으니 나도 권도를 쓰리라."

그러고 나서 효증을 불러 말하지요.

"네 형(김석)의 혼사 이야기는 너도 들었을 것이다. 이제 곧 규수 집에서 사람을 보내 선을 보려 하는데, 석의 모양을 보이면 필경 파혼

破婚할 터이다. 그래서 너를 석 대신 보이려 하는데 네 생각은 어떠하냐?"

동구 음, 근데 저게 말이 되나?

나정 그러게. 대리 출석도 아니고 대리 선을 보라니. 뒷일을 어찌 감당하려고.

쌤 붕이가 효증이라면 어떻게 대답할 건가요?

붕이 아, 당연히 선봅니다! 기회는 놓치지 말라고 배웠거든요. 혹시 어떤 일이 벌어질지 누가 아나요? 흐흐.

나정 어휴, 현실에선 절대 그러지 마라. 여자 쪽에서 널 사기죄로 고소할지도 모르니까.

쌤 하하, 그래요. 효증은 석 대신 선을 보기로 합니다. 다만 그 이유는 붕이와 조금 다른데요, 붕이에겐 '기회'이지만 효증에겐 '보은報恩', 즉 지금까지 돌봐준 김동지의 은혜를 갚는다는 마음이 컸지요. 또 거절했을 때 이곳에서 쫓겨나게 되면 자기 아버지를 구할 수 없다는 '효심孝心'도 있었고요.

여자의 집에서 온 사람이 효증을 보고는 무척 마음에 들어했습니다. 이제 혼사는 일사천리로 진행되지요. 혼례 날짜가 잡히고, 사람들은 분주해지기 시작합니다. 김동지의 근심도 깊어집니다.

동구 선보는 건 그렇다 쳐도 결혼식은 어떻게 하나요? 사람이 많이

올 텐데요.

쌤 그렇겠죠. 여기서 잠깐 전통 혼례를 살펴보지요. 일반적으로 혼례는 신부 집에서 거행합니다. 신랑 일행이 신부 집으로 가는 걸 초행初行이라 하지요. 혼삿날엔 신랑, 신부가 서로 맞절하고 술잔을 나눈 후 저녁을 함께 보냅니다. 그리고 며칠 후 부부가 함께 신랑 집으로 가지요. 이를 신행新行이라고 합니다. 신부는 시부모와 시댁 사람들에게 인사를 드리고, 평생을 그곳에서 살았습니다. 이게 일반적인 절차지요.

이제 김동지는 큰 결심을 내립니다. 어차피 일이 이렇게 된 것, 끝까지 갈 수밖에 없다고요. 동지는 효증을 보내 혼례를 치르고, 부부가 이곳으로 신행新行을 오면 그때 효증 대신 석을 내보이기로 합니다. 그땐 이미 혼례도 끝났기에 신부도 어쩔 수 없으리라고 생각했기 때문이었지요.

김동지는 효증을 불러 말합니다. 이렇게만 한다면 자기 재산의 절반을 주어 평생을 영화롭게 살도록 해주겠다고 하지요. 무척 고민하던 효증은 결국 이를 따르겠다고 합니다. 감옥에 갇힌 아버지를 구해야만 했으니까요.

이제 혼삿날이 밝았습니다. 효증을 본 규수 댁 사람들은 다들 감탄합니다. 훤칠한 외모와 당당한 풍채는 너무나 빛이 났으니까요. 혼례를 마치고 저녁이 되자 효증과 규수는 한방에 들어갔습니다.

붕이 아, 과연 어떻게 될 것인가.

쌤 그런데 아무 일도 없었습니다. 효증 역시 신부가 맘에 들었지만 약속을 저버릴 순 없었죠. 그렇기에 가만히 앉아 있다가 밤이 깊어지자 홀로 잠듭니다. 비록 첫날밤이지만 '행사를 치르느라 피곤했으려니…….'라고 신부는 생각했습니다. 그런데 이틀째도 똑같은 일이 반복되지요. 손끝 하나 건드리질 않는 효증을 보며 신부는 당혹감을 감출 수 없었습니다. 사흘째 되는 날 홀로 잠든 남편을 보며 신부는 생각합니다.

'차마 여자의 몸으로 어찌 남자에게 먼저 말하리오. 하지만 날이 새면 부모를 떠나 남편 집에 가게 될 것이다. 백년고락이 다 남편에게 있거늘, 대체 무슨 일로 첫날밤에 소박을 맞았는가. 진실로 이러하면 차라리 죽느니만 못하구나.'

그러고는 밖에 나가 칼을 가져와 말합니다.

"낭군이 저를 더럽게 여겨 먼저 말씀하지 아니하거늘, 제가 먼저 말씀드리는 게 여자의 도리는 아닙니다. 하오나 묻고 싶습니다. 제가 무슨 죄로 첫날밤에 소박을 맞았는지요? 청컨대 낭군의 생각을 듣고 싶습니다. 만일 조금이라도 숨기시면 저는 사생死生을 결단하고자 합니다."

동구 헉.

쌤 긴장된 순간이지요. 말 한마디에 죄 없는 여자의 목숨이 끊어질 수도 있으니까요. 이제 효증은 그간의 사정을 솔직히 이야기합니다. 그러자 신부는 고개를 끄덕이며 이것도 하늘이 이어준 인연이니 진짜로 혼인하자고 하지요. 남녀의 인연이란 어떻게든 이어지는 법인가 봅니다. 이제 이들은 길고 긴 아름다운 밤을 함께 보내지요.

붕이 아, 역시. 형 대신 가길 잘했다니까!

나정 어머, 네가 왜 이렇게 기뻐하냐? 혹시 문학을 통한 대리 만족?

쌤 하하, 다음 날 신부의 아버지는 딸에게서 효증의 사연을 듣습니다. 그는 사람을 시켜 돈 10만 냥과 효증의 편지를 한양으로 보냅니다. 이에 효증의 아버지는 풀려나게 되었지요.

효증은 무척 감사한 마음이 들었습니다. 하지만 한편으론 김동지가 마음에 걸렸지요. 김동지의 기대를 배신하고, 은혜를 저버렸다는 생각이 들었으니까요.

효증은 김동지를 찾아가 지난 사정을 말하고 용서를 구합니다. 다행히 김동지 역시 효증을 위로하며 자기가 죽은 후 석을 돌봐달라고 부탁하지요. 효증 부부는 서울로 올라가 부모를 모시고 살면서 1년에 한 번 김동지 댁과 처가댁을 찾아 인사하며 행복하게 살았다는 것으로 작품은 끝납니다.

동구 그래도 참 예의가 바르네요.

쌤 그래요, 이 작품의 주요 인물인 효증, 김동지, 효증의 아내는 모두 각자의 욕망이 있었습니다. 동구, 붕이 그리고 나정이가 그 욕망을 말해볼래요?

동구 음……, 효증은 감옥에 갇힌 아버지를 구하고 싶었어요. 그래서 부잣집에 들어가 성실히 일했고, 석 대신 결혼식을 치르기도 했지요.

붕이 김동지는 불구의 아들을 어떻게든 장가보내고 싶었어요. 그런데 너무 욕심이 과했어요. 쯧쯧.

나정 전 효증의 아내가 대단하다고 봐요. 첫날밤 소박맞은 이유를 밝히려고 칼까지 가져와서 죽기 살기로 따졌잖아요. 만약에 체념하고 있다가 신랑 집으로 갔다면 완전히 다른 남편을 맞이했을 테지요. 적극적인 모습이 맘에 들어요.

쌤 아주 좋습니다. 효와 신의, 자식을 향한 맹목적 사랑 그리고 아내로서 사랑받고 싶은 마음 등 이 짧은 작품에도 인물들 사이에서 다양한 욕망의 충돌이 나타납니다. 특히 앞의 두 가지는 대립 관계를 이루지요. 실제 우리 삶에서 욕망의 충돌은 더욱 복잡할 것입니다.

우리는 작품의 결말에 주목해야 합니다. 효증은 아버지를 구하고, 아내도 얻는 데다 가난에서 벗어납니다. 또한 김동지 역시 효증을 용서하고 자기 행동을 반성합니다. 그 이유가 뭘까요?

동구 음, 아무래도 효를 가장 중시하던 당시의 의식을 반영한 게 아닐까요?

붕이 헐……, 그럴듯한데?

쌤 잘 맞추는군요. 정답입니다. 이 작품에서 우리는 효를 다하는 주인공을 볼 수 있습니다. 감옥에 갇힌 아버지를 구하고자 효증은 우여곡절을 겪고, 나중에는 아내와 함께 부모를 봉양하지요. 작가는 사람들이 이런 효증을 귀감龜鑑으로 삼길 바랐을 겁니다. 결말에도 그런 의식을 반영한 것이고요.

자, 사람은 살면서 다양한 욕망의 충돌을 경험합니다. 흥미로운 건 여기에서 우선하는 '가치'가 있다는 겁니다. 예컨대 중세 유럽 사회에선 '신'이었고, 조선 유교 사회에선 '충과 효'였지요. 근대의 전체주의 사회에선 '국가'였고요, 현대 물질 사회에선 어쩌면 '부'일 겁니다. 어느 시대냐, 어떤 사회냐에 따라 그 가치가 다르게 나타난다는 점은 눈여겨볼 만합니다. 문학이 이를 반영한다는 점도 알아둘 만하지요. 〈김효증전〉은 그 시대가 요구하는 가치를 흥미롭게 그려낸 작품이라 할 수 있답니다. 자, 오늘은 이것으로 마칩니다. 다음 시간에 다시 보죠.

나정 넵! 감사합니다.

쌤의 한마디

우리는 살면서 다양한 욕망의 충돌을 경험합니다. 삶은 결국 욕망의 교차점을 통과하는 것이니까요. 이 교차점에서 어느 길로 갈 것이냐는 결국 '무슨 가치를 우선에 둘 것이냐?'에 달렸습니다. 여러분의 욕망 중 가장 꼭대기에 있는 건 무엇인가요? 또 그것이 가장 가치 있다고 판단한 이유는 무엇인가요? 다들 한 번쯤 생각해보면 좋겠네요.

〈김효증전〉,
세태를 경계하고 효행을 강조하다

〈김효증전〉은 작자 · 연대 미상의 고전소설입니다. 여기에는 나라에 빚을 진 부친, 돈을 받고 대신 장가가는 주인공, 불구의 아들을 둔 부자, 사랑을 추구하는 신부 등 여러 인물이 나오지요. 이 작품은 이들 간의 얽히고설킨 이야기를 흥미롭게 풀어냈습니다.

또한 이 작품은 '대신 든 장가'의 근원 설화이기도 합니다. '대신 든 장가'는 부친의 빚을 탕감할 돈을 마련하고자 아들이 다른 사람 대신 장가가서 성공한다는 이야기인데요, 이 화소는 이후 여러 형태로 변형하여 다양한 이야기로 전파되었지요.

이 작품은 박건회朴健會가 편찬한 『육효자전六孝子傳』에 첫 번째로 수록되었습니다. 이 책은 제목 그대로 여섯 명의 효행담을 엮은 단편소설집이지요. 나머지 작품도 몇 개 살펴볼까요?

두 번째 작품은 이해룡 부부의 이야기입니다. 늦깎이 아들로 태어난 이해룡은 아버지를 여의고 어머니마저 저세상으로 보냅니다. 하지만 돈이 없기에 오홍의 집에 몸을 팔아 그 돈으로 장례를 치르지요. 나중에 오홍은 이해룡이 옛 친구의 아들임을 알아보고 양자로 삼습니다.

세 번째 작품은 오준의 효행담입니다. 어려서부터 효심이 깊던 오준은 부모를 잃습니다. 시묘살이(3년간 무덤 옆에 움막을 짓고 사는 것)를 하는데 샘물이 갑자기 묘 옆에 솟아오르고, 호랑이가 주위를 지켜 주며 때때로 짐승도 물어왔습니다. 이 사실이 알려지자 오준은 조정에서 상을 받고, 정려문(충신, 효자, 열녀 등을 표창하고자 그 집 앞에 세우던 붉은 문)이 세워지며, 향현사에 모셔집니다.

다섯 번째 작품은 맹계상의 효행입니다. 늙은 어머니를 극진히 모시던 맹계상은 돈을 벌려고 장사를 떠납니다. 그때 마침, 불량배가 맹계상의 아내를 납치해 팔아넘기려 했지요. 이에 맹계상은 관음보살의 도움을 받아 수천 리를 날아 집에 도착한 후 아내를 구하고 불량배를 처치하지요. 이 일을 안 조정에서 맹계상에게 벼슬을 내리는 것으로 끝납니다. 다른 작품과 달리 전기적이고 다소 황당한 게 특징입니다.

작가는 이 소설집을 편찬한 이유를 끝부분에 밝힙니다. 조선 후기엔 개화의 물결에 휩쓸려 어버이 봉양을 게을리하고 제사마저 모시지 않으려고 하기도 했는데요, 이런 풍조를 경계하고 효도를 강조하고자 이 책을 썼다고 말이지요. 당시 사람들에게 가르침을 주고자 한 작가의 의도를 엿볼 수 있네요.

꿈이
가난 따위에 꺾일쏘냐!

<누항사>

붕이 쌤, 궁금한 게 있어요!

쌤 ?

붕이 쌤은 로망이 뭔가요?

나정 풋, 웬 뚱딴지같은 소리야?

붕이 야, 궁금할 수도 있지. 수업 시간엔 항상 질문을 많이 해야 한다고 배운 거 몰라?

나정 어휴, 입만 살아서 원…….

쌤 하하, 로망이라……. 오랜만에 들어보는 말이네요. 음, 『월든 Walden』이란 책이 있는데요, 거기서 헨리 데이비드 소로Henry David Thoreau라는 사람이 호숫가 옆에 통나무집을 짓고 2년 동안

살거든요. 가끔은 '나도 그렇게 살아보았으면…….' 하고 꿈꾼답니다. 붕이는 로망이 뭔가요?

붕이 남자의 로망은 오토바이죠. 부릉부릉. 몽골 초원부터 남극까지 전 세계를 달려보고 싶어요.

동구 엥? 정말? 난 별로. 위험해.

나정 무사히 돌아오길 빌게. 아니면 아예 안 돌아와도 되고. 호호.

쌤 하하, 마침 로망 이야기가 나왔으니 이와 관련해 오늘 작품을 살펴보지요. 제목은 〈누항사〉입니다. 자, 준비됐나요?

동구 넵.

쌤 '누항陋巷'이란 '누추하고 좁은 집'을 뜻합니다. 작가 박인로朴仁老는 양반이자 무인武人인데요, 임진왜란 때 수군으로 활약하고 전쟁이 끝나자 벼슬을 사직한 후 고향으로 돌아왔지요.

평화로운 세상이 되었으니, 이제 전원에서 행복하게 살 수 있으리라고 생각했겠지요. 하지만 기대를 이루긴 쉽지 않았습니다. 가장 먼저 와 닿는 건 가난입니다. 작품 첫 부분에서 자신의 처지를 보여주는데요, 잠시 보지요.

어리석고 세상 물정에 어둡기로는 나보다 더한 사람이 없다. 모든 운수를 하늘에 맡겨두고 누추한 깊은 곳에 초가를 지어놓고, 좋지 못한 날씨에 썩은 짚을 땔감 삼아 초라한 음식 만드는데 연기가 많기도 많구나. 덜 데운 숭늉으로 고픈 배를 속일 뿐이로다. …… 가난한 인생이 천지간에 나뿐이로다.

동구 음, 썩은 지푸라기를 땔감으로 쓸 수밖에 없는 상황인가 보네요.

붕이 게다가 맙소사, '덜 데운 숭늉'으로 고픈 배를 속인다니요! 그런다고 배가 속나요? 꼬르륵거리면서 난리를 칠 텐데.

나정 그러게. 숭늉 열 그릇으로도 네 배는 절대 안 속을 거야, 그렇지? 킥킥.

쌤 하하, 마지막에 '가난한 인생'이란 말에서 화자의 처지가 잘 드러납니다. 그리고 이제 가난이 더욱더 실감 나게 펼쳐지지요.

아까 박인로가 양반이라고 했지요? 그의 집에는 나이 많은 노비가 한 명 있는데요, 원래 노비가 할 일 중 하나는 농사를 짓는 것입니다. 비록 작은 땅일망정, 봄에는 씨를 뿌리고 가을에는 수확해야 하지요.

하지만 집에 있는 늙은 종은 신경조차 쓰지 않습니다. 봄이 왔으니 어서 땅을 갈고 씨를 뿌려야 하건만 꼼짝도 하질 않아요. 주인에겐 입도 벙긋 안 합니다. 왜 그럴까요?

나정 혹시…… 집이 가난하니까 주인을 무시하는 건가요?

쌤 맞습니다. 그렇다고 손가락만 빨고 있을 순 없지요. 화자는 어쩔 수 없이 몸소 농사짓기로 합니다.

그런데 문제가 있습니다. 밭을 갈아야 하는데, 땅을 손으로 갈 순 없겠죠. 소가 필요한데, 집에는 당연히 소가 없어요. 그래서

빌리러 갑니다. 예전에 "소 한번 빌려주마." 하고 엉성하게 건넨 이웃 사람의 말을 기억하면서 말이에요.

붕이 음, 과연……?

쌤 벌써 해도 뉘엿뉘엿 저버린 저녁입니다. 화자는 허우적허우적 달려가 굳게 닫힌 문밖에 우두커니 섭니다. 그리고 집주인을 불러 이야기를 나누는데요, 이 장면이야말로 〈누항사〉의 압권이지요.

화자 : 에헴, 에헴.

이웃 사람 : 어, 거기 누구신가?

화자 : 염치없는 저올시다.

이웃 사람 : 초경(저녁 7시~9시)도 거의 지났는데 무슨 일로 와 계신고?

화자 : 해마다 이러기가 구차한 줄 알지만, 소 없는 가난한 집에서 걱정이 많아 왔소이다.

이웃 사람 : 으흠, 공짜로나 값을 치르거나 나도 빌려주었으면 좋겠소. 한데 어젯밤에 건넛집에 사는 사람이 목이 붉은 수꿩을 구슬 같은 기름에 튀겨 왔다오. 게다가 갓 익은 좋은 술까지 취하도록 권하였는데, 이 은혜를 어찌 안 갚을 수 있소? '내일 소를 빌려주마.'라고 약속을 하였다오. 이를 어기는 게 편치 못하니, 그대에게 빌려주겠다고 말하기 어렵구려.

화자 : (고개를 푹 숙이며) '아, 정말로 그렇다면 어찌하겠는가.'

동구 쯧쯧, 보기 좋게 거절당했군요.

나정 좀 불쌍하네요. 어휴.

붕이 에이, 건넛집 사람은 꿩고기에 술까지 권했다는데 빈손으로 빌려달라니까 될 리가 없지. 아무렴, 세상에 공짜는 없는 것이여.

나정 어머, 얘 말하는 것 좀 봐. 완전 놀부 심보네.

쌤 하하, 만약에 여러분이 작품 속 화자라면 어떨까요? 무척 우울할 겁니다. 그는 헌 모자를 숙여 쓰고 축 없는 짚신을 신고 맥없이 물러납니다. 집으로 돌아가는 길은 멀게만 느껴지지요. 초라해진 그 모습을 보며 개가 짖을 뿐입니다.

동구 음……, 개가 짖는다니까 더 슬퍼지네요.

쌤 그래요, 화자의 비참함이 더 깊어지겠지요. 이제 화자는 와실蝸室, '달팽이 집'처럼 작고 초라한 자기 집으로 돌아옵니다.

북쪽 창가에 기대어 새 우는 소리를 들으며 새벽까지 잠 못 이루지요. 저 멀리서 들려오는 농부들의 노랫소리도 흥 없이 들릴 뿐입니다.

소가 끄는 쟁기로 밭고랑을 가는 농촌 풍경을 다들 한 번쯤 본 적 있을 겁니다. 마침 그의 집 벽에도 쟁기가 걸려 있네요. 날이 잘 선 것이 가시 엉킨 밭도 쉽게 갈 수 있을 것 같아요. 하지만 쓸 데가 없습니다.

붕이 소가 없으니까요!

쌤 그래요, 게다가 봄도 거의 지났습니다. 씨를 뿌리기엔 늦었으니 올해 농사는 포기할 수밖에요. 한 가지 물어보죠. 여러분은 자연 속에서 유유자적하면서 만족해하는 작품을 배웠을 겁니다. 혹시 기억나는 거 있나요?

동구 음……, 그런 시조 많지 않아요? "십 년을 경영하여 초려 삼간 지어내어 / 나 한 간 달 한 간에 청풍 한 간 맡겨두고 / 강산은 들일 데 없으니 둘러 두고 보리라", "말이 없는 것은 청산이요 모양이 없는 것은 흐르는 물이로다 / 값 없는 것은 바람이요 주인 없는 것은 밝은 달이로다 / 이 아름다운 자연에 묻혀 병 없는 이 몸은 걱정 없이 늙으리라" 같은 작품이요.

붕이 헐, 대박! 너 그런 걸 어떻게 외우냐?

나정 지난 주 수요일에 '국어 교과의 날' 했던 거 기억 안 나? '시조 외우기 경연 대회'에서 동구가 1등 했잖아.

동구 에헴, 에헴.

쌤 이야, 훌륭합니다. 그래요, 사실 이런 작품은 많습니다. 조선의 사대부는 자연에서 멋과 풍류를 즐겼지요. 그곳은 어지러운 속세와 대비되는 곳이자 조화로운 삶을 살 수 있는 낭만적인 공간이었으니까요.

하지만 누구에게나 그럴까요? 글쎄요, 〈누항사〉의 이 부분을 보면 알 수 있습니다.

자연을 벗 삼아 살겠다는 꿈을 꾼 지도 오래더니, / 먹고사는 것이 누累가 되어 모두 잊었도다.

동구 음……, 솔직하네요.

쌤 맞아요. 이것이 〈누항사〉의 훌륭한 점일 겁니다. 비슷한 다른 작품들과 달리 자연 속에서 사는 삶이 매우 현실적이지요. 작가의 말대로 먹고사는 것만큼 중요한 건 없습니다. 그것이 해결되지 않으면 그 어떤 아름다운 풍경도 무의미할 뿐이에요. 양반이든 평민이든 말이지요.

붕이 왠지 '금강산도 식후경'이란 속담이 떠오르네요. 헤헤.

나정 네가 그 말 할 줄 알았다. 킥킥.

…… 있으면 먹고 없으면 굶을망정 남의 집 남의 것은 전혀 부러워

하지 않겠노라. 내 가난과 천함을 싫게 여겨 손을 내젓는다고 물러가겠으며, 남의 부귀富貴를 부럽게 여겨 손짓을 한다고 나아오겠는가? 인간의 어느 일이 운명과 상관없이 생겼으랴? 가난해도 원망하지 않는 것이 어렵다고 하건만, 내 생활이 이렇다 해서 서러운 뜻은 없노라. 가난한 생활이지만 이것도 만족스럽게 여기고 있노라.

쌤 아까 로망에 대해 잠깐 얘기했지요? 누군가의 로망은 크루즈 세계 여행 또는 포르쉐 자동차일 수 있습니다. 혹은 바다가 내다보이는 멋진 전원주택이나 200년도 넘은 스트라디바리우스 바이올린일 수도 있지요. 사람은 누구나 욕망이 있고, 추구하는 삶의 가치가 있습니다. 박인로 역시 자연 속에서 글을 읽고 도道를 추구하며 행복하게 살길 바랐지요. 하지만 여기에는 현실적 제약이 따르기 마련입니다. 특히 경제적 제약 말이지요. 그렇기에 말 그대로 로망일지도 모릅니다.

나정 정말 그런 거 같아요.

쌤 하지만 그것 때문에 남은 삶을 슬퍼하거나 좌절하고만 있을 순 없습니다. 그건 말 그대로 현실에 '굴복'하는 삶이니까요. 작가는 체념할 건 적절히 체념하고 스스로 만족을 찾습니다. 말 그대로 '안분지족安分知足', '빈이무원(貧而無怨, 가난하지만 원망하지 않음)'이지요.

박인로는 작품에서 운명론적 세계관을 드러냅니다. 글쎄요, 일

반적으로 사람들은 운명론적 세계관을 비판적으로 바라봅니다. "운명? 그런 게 정해져 있을 리 없잖아." 혹은 "아니, 운명을 개척해야지. 왜 거기에 순응하는 거야?"라고 말이에요.

물론 쌤도 동의합니다. 운명이 정해져 있다고 주어진 상황에 순응하는 게 아니라, 스스로 노력하여 추구하는 삶을 실현해내야 한다는 것에요. 하지만 여기서는 우리 조상의 운명론적 세계관을 다른 관점에서 '달관의 자세'로 보았으면 합니다. 포기하지 않고 유연하게 사고하며 어려움을 넘기는 것으로요. 로망을 이루지 못했다 해도, 내 삶이 실패한 삶이 되도록 버려둘 수는 없으니까요.

동구 흠, 그렇군요.

쌤 나라에 충성하고 형제간에 화목하며 친구들과 신의 있게 지내는 것이 가장 중요하다고 작가가 말하는 것으로 작품을 마무리합니다. 유교 이념을 추구하는 고고한 선비의 정신이 잘 느껴지지요. 자, 오늘은 이것으로 마칩니다. 다음 시간에 새로운 작품으로 만나요.

나정 감사합니다!

쌤의 한마디

우리의 욕망은 늘 현실적 제약과 부닥칩니다. 나이가 많아서, 시간이 없어서, 돈이 없어서, 변화가 두려워서 결국은 욕망을 접고 꿈을 포기할 때가 종종 있지요. 하지만 그렇다고 그 삶이 실패한 건 절대 아닙니다. '안 되면 말고!' 때로는 이런 유연한 마음가짐이 필요하지 않을까요? 어쩌면 이것이 삶의 지혜일 수도 있겠네요.

〈누항사〉, 세태를 경계하고 효행을 강조하다

〈누항사〉는 박인로(1561~1642)가 1611년에 쓴 작품으로 『노계집盧溪集』에 수록되어 있습니다. 이 작품은 자연에 묻혀 사는 생활의 어려움을 사실적으로 보여줍니다. 풍경을 예찬하며 전원생활의 만족감을 드러낸 조선 전기 가사와는 큰 차이를 보이지요.

또한 이 작품에는 임진왜란 후 달라진 양반의 모습도 반영되어 있는데요, 화자가 먹을 게 없어서 덜 데운 숭늉으로 끼니를 때우는 모습이나 몸소 농사짓는 모습을 통해 전란 이후 달라진 양반의 위상을 알 수 있습니다. 그들은 궁핍한 현실과 선비로서의 신념 사이에서 괴리를 느꼈지요.

> 주머니가 비었는데 술병에 술이 담겨 있으랴
> 봄갈이도 거의 다 지났다 팽개쳐 던져버리자
> 임자 없는 자연 속에 절로절로 늙으리라

이 작품은 일상 언어를 사용해 삶의 모습을 생생히 보여줍니다. 또한 대구법과 설의법, 과장법 등 다양한 표현법을 통해 자기 생각을 잘 드러냈지요. 3 · 4조, 4 · 4조의 4음보로 된 가사이기에 읽을 때도 운율이 잘 느껴집니다.

참고로 박인로는 〈누항사〉 외에도 여러 작품을 남겼습니다. 〈선상탄船上歎〉에선 왜적에 대한 강한 적개심을 드러내며 태평천하를 기원합니다. 또한 〈태평사太平詞〉에선 왜적을 물리친 후 개선하는 기쁨을 잘 표현했지요. 이런 박인로의 작품들은 임진왜란의 체험을 바탕으로 합니다. 그리고 〈오륜가伍倫歌〉를 비롯한 여러 편의 시조에선 임금을 향한 충성과 부모에 대한 효를 강조합니다. 〈선상탄〉을 통해 문무를 겸비한 박인로의 용맹한 기개를 느끼는 것으로 마칩니다.

늙고 병든 몸을 (임금께서) 수군 통주사로 보내시므로, / 을사년(선조 38년, 1605) 여름에 부산에 내려오니, / 국경의 요새지에서 병이 깊다고 앉아만 있겠는가? / 한 자루 긴 칼을 비스듬히 차고 병선에 감히 올라 / 기운을 떨치고 눈을 부릅떠 대마도를 굽어보니 / 바람을 따라 이동하는 누런 구름은 멀리 또는 가까이에 쌓여 있고, / 아득한 푸른 바다는 긴 하늘과 한 빛이로다.

진정한 행복
이 사회는 왜
절 불행하게
만드나요?

욕망하지 말라고요?
정녕 이대로 살라고요?

<열녀함양박씨전>

붕이 무슨 노래를 그렇게 열심히 듣냐?

나정 어, 왔어? 얼마 전에 엑소 신곡 나왔거든. 엑소 알아?

붕이 헐, 그걸 질문이라고 해? 내가 수학여행 때 엑소 노래로 춤춘 거 몰라? 보여줄까?

나정 진짜? 근데 보여주지 않아도 괜찮아. 굳이 흥을 깨고 싶진 않으니까. 호호.

붕이 얘가 내 춤 솜씨를 무시하네. 내가 무대에만 오르면 완전 연체동물 되거든. 그때 인기상 받은 거 기억 안 나나 보지?

나정 아아……, 맞아! 어렴풋이 기억난다. 춤을 잘 춰서가 아니라 가장 웃겨서 인기상 받았지, 아마?

쌤 하하, 그런데 가사 내용이 어떻게 되나요?

나정 앗! 쌤 오셨어요?

붕이 안녕하세요, 쌤. 가사요? 뭐……, 사랑 노래지요. 만남이나 이별, 기다림 같은 거요.

쌤 그렇군요. 그럼 한 가지 물어보죠. 아마 여러분은 텔레비전에서 아이돌 그룹이 노래 부르는 걸 자주 보았을 겁니다. 다들 춤도 잘 추고 외모도 멋지지요. 그런데 궁금합니다. 왜 이 가수들은 '자연을 보호하자.'라거나 '국가에 충성하자.'라는 노래는 안 부르고 사랑 얘기를 할까요?

붕이 풋.

동구 크크.

쌤 우습기도 하지만, 사실 굉장히 중요한 질문입니다. 나정이가 얘기해볼래요?

나정 어떤 가수가 나와서 '쓰레기를 함부로 버리지 말자.'라고 노래 부르면 채널을 돌릴 테니까요. 호호, 농담이고요, 사랑은 인간의 본능이라서가 아닐까요?

쌤 그래요, 정답입니다. 전에 칠정七情에 대해 수업할 때도 사랑만큼 중요한 감정은 없었잖아요. 사랑 때문에 기쁘고, 화나고, 즐겁고, 슬프고, 밉고, 욕심내니까요. 사랑은 모든 감정과 연결되어 있지요.

다들 고려가요를 배웠을 겁니다. 고려가요는 말 그대로 고려

시대에 부른 노래지요. 그런데 조선 시대에 궁중에서 문자로 정착되면서 많은 작품이 소멸했습니다. 사랑을 노래했다는 이유만으로요.

동구 맞아요, 남녀상열지사男女相悅之詞라고 하지요.

쌤 그래요, 잘 아는군요. 대부분 노래는 사랑을 주제로 합니다. 누군가를 사랑하고, 또 누군가에게서 사랑받고 싶은 건 인간의 근원적 욕망이니까요. 하지만 시대와 제도는 이를 억압하기도 했어요. 오늘 살펴볼 작품은 이와 관련되어 있습니다. 자, 함께 볼까요?

붕이 넵.

쌤 〈열녀함양박씨전〉은 실제 사건을 바탕으로 합니다. 연암 박지원朴趾源이 안의현(경남 함양) 현감이던 1793년에 있었던 일인데요, 시집간 지 반년밖에 안 된 한 여자가 남편의 장례를 치르고 자살한 것이지요.

나정 어머!

쌤 그 사연을 잠시 보지요. 안의현 아전의 딸이었던 박씨는 어려서 부모를 잃고 조부모 밑에서 자랐습니다. 박씨는 나이 열아홉에 함양군 아전의 아들에게 시집가게 되었습니다. 하지만 신랑은 몸이 아픈 환자였습니다. 이 사실을 안 가족이 시집가는 것을 만류했지만, 박씨는 대답합니다.

"앞서 재봉한 옷(초례 때 신부가 입는 옷)은 누구의 몸에 맞춘 것이며, 또한 누구의 옷이라고 불렀습니까? 소녀는 원컨대 처음 맞춘 것을 지키겠습니다."

박씨는 결국 그에게 시집갔습니다. 반년 후 남편이 세상을 뜨자 박씨는 예법에 따라 남편의 삼년상을 치르고 정성을 다해 시부모를 모십니다. 그리고 나서 남편이 숨진 한날한시에 음독자결한 것이지요.

동구 아, 안타깝네요.

나정 참 바보 같아요! 왜 그런 데 시집가서……. 그리고 왜 죽어요!

쌤 참으로 애석한 일이지요. 박씨는 왜 극단적인 선택을 했을까요? 우리는 그 이유를 생각해봐야 합니다.

이 작품의 앞부분에는 한 과부의 일화가 실려 있습니다. 과부의 사연 역시 가슴 아픕니다. 옛날에 높은 벼슬에 있던 형제가 어떤 이의 벼슬길을 막을 일이 있었습니다. 형제는 이 문제를 그들의 어머니와 의논했지요. 그가 무슨 잘못을 했기에 벼슬길을 막으려느냐고 어머니가 묻자 아들들은 대답합니다. 그의 조상 중 과부가 있어서 소문이 자못 시끄럽다고 말이에요.

이에 어머니는 어찌 소문만으로 사람을 평가하느냐며 아들들을 탓합니다. 그리고 너희 역시 과부의 아들이면서 어찌 과부를 논할 수 있느냐며 품속에서 동전 하나를 꺼내지요.

붕이 동전이요?

쌤 그래요. 그런데 의아합니다. 동전에는 글자가 보이지 않고, 윤곽도 전부 닳았거든요. 어떠한 사연인지 묻자 어머니는 눈물 흘리며 말합니다.

“이 동전이 네 어미가 죽음을 참을 수 있었던 부적이란다. 10년 동안 손으로 만졌더니 이렇게 닳고 말았지. 무릇 인간의 혈기는 음양에 그 근본이 있고, 정욕은 그 혈기에 심어진 것이야. …… 과부란 것은 외로움 속에서 살아가니, 그 상심과 슬픔은 더할 나위 없는 것이지. 게다가 혈기란 것은 때에 따라 왕성해지기도 하니, 과부라고 해서 어찌 정욕이 일지 않겠느냐. 가물거리는 등잔불이 그림자를 조문弔問하는 고독한 밤에는 새벽도 쉽게 오지 않더구나. 또 처마에 빗물 떨어지는 소리가 들릴 때나 창으로 맑은 달빛이 흘러들 때, 낙엽이 뜨락에 질 때, 외기러기가 하늘에서 끼룩거릴 때 그리고 멀리서 닭 우는 소리조차 들려오지 않을 때도 종년은 코를 골며 잘도 자는데 쓰라린 마음에 잠 못 이루는 이 고통을 그 누구에게 하소연할꼬. 나는 그럴 때면 이 동전을 꺼내서 굴렸다. 방안을 두루 살피다 보면 둥근 것이 아무리 잘 굴러도 움푹한 곳을 만나면 멈추겠지. 그러면 나는 그것을 찾아 또 굴리지. 하룻밤에 보통 대여섯 번을 굴리고 나면 동편 하늘이 밝아 온단다. 10년 동안 해마다 그 굴리는 횟수가 줄어들었고, 10년이 지난 후에는 혹 닷새에 한 번 굴리기도 하고, 혹 열

흘에 한 번 굴리기도 했지. 이제는 혈기가 이미 쇠약해졌으니, 동전 굴리기를 더는 하지 않아도 되게 되었구나. 하지만 나는 이 동전을 여러 겹 싸서 간직하였으니, 그 햇수가 20여 년이 되었단다. 그 까닭은 동전의 공功을 잊지 않으려는 것일 뿐만 아니라 때때로 나 자신을 경계하기 위함이지."

동구 아, 독수공방의 외로움을 견디려고 동전을 굴린 것이군요.

쌤 그래요. 하지만 '외로움'이란 단어로 그 아픔을 모두 표현할 수 있을지는 의문입니다. '밤마다 동전을 굴리면서 10년간 정욕을 억눌렀다.'라는 어머니의 말은 참으로 안타깝습니다. 남성을 향한 과부의 욕망을 금기시한 당대 사회에선 절대 드러내놓고 말할 수 없는 부분이기에 더욱 그렇지요. 그 진솔한 고백에 아들들은 어머니를 부여잡고 눈물을 흘립니다. 인간의 자연스러운 성정性情을 사회와 제도에 억눌린 채 고통스러운 삶을 보내야만 했던 어머니에게 느끼는 동정 때문이었겠죠.

쌤이 한 가지 묻죠. 아마도 여기 있는 여러분은 대부분 결혼할 겁니다. 사랑하는 이를 삶의 반려자로 맞이하는 게 일반적이니까요. 그런데 사고라든지 병 혹은 다른 안 좋은 일로 상대방과 헤어지게 되었습니다. 안타깝지만 실제로 이런 일은 비일비재하지요. 문제는 그 후입니다. 이제 여러분이 새로운 사랑을 찾아 인생의 동반자로 맞이하고자 합니다. 남은 삶을 슬픔 속에서 살 수만은 없으니까요. 그런데 누군가 그걸 안 된다고 하면 어떨까요? 그건 수치스러운 행동이고, 인간의 도리가 아니라면서요.

붕이 에이, 말도 안 돼요. 누가 그래요? 다시 결혼하든 말든 그건 내 맘이지.

나정 그러게. 남에게 피해를 주는 것도 아닌데 왜 그걸 반대하나요?

동구 저도 옳지 않다고 생각합니다. 사람은 행복할 권리가 있잖아요.

쌤 말 잘했습니다. 헌법에 '행복추구권'이 있다는 것을 여러분은 배웠을 겁니다. 인간은 누구나 행복을 추구하며 인간다운 삶을 누릴 권리가 있지요. 배우자를 맞아 사랑을 나누는 것 역시 마찬가지입니다. 설령 배우자를 두 번째 맞이한다고 해도 다른 누군가가 이를 막을 권리는 없어요.

하지만 조선 후기에는 그렇지 않았습니다. 남편을 잃은 여성은 과부로 남은 일평생을 혼자서 살아야 했습니다. 그들에게는 자기 의지와 무관하게 수절이 강요되었습니다. 때로는 그걸 넘어서기도 했지요.

동구 넘어서다니요?

쌤 목숨을 요구하기도 했다는 뜻입니다. 실제로 한 여성은 남편이 죽은 뒤 바늘을 삼켜 자결을 시도합니다. 하지만 이것이 실패하자 50년간을 수절하였지요. 그런데 그 여성이 키운 조카딸은 결국 성공(?)합니다. 남편이 죽은 뒤 비단으로 온몸을 동여 감고 우물에 몸을 던져 자결하지요. 조선 후기의 실학자 이덕무李德懋가 쓴 『양열녀전兩烈女傳』에 나온 내용입니다. 책 말미에 작가는 "열녀가 열녀에게 배워 끝내 열녀의 이름을 이루었으니 역시 기이하도다."라며 칭송하지요.

동구 아, 끔찍하네요. 저게 어찌 칭찬받을 일인지…….

쌤 또한 시간이 흘러 이덕무의 손녀는 할아버지 책 속의 과부들을 본받기로 합니다. 손녀 역시 남편이 세상을 뜬 후 따라 죽고자 했지요. 친정으로 돌아온 손녀는 아무것도 먹질 않습니다. 그런데 놀라운 건 단식을 계속하던 손녀와 가족의 대화입니다. "열하루 동안 먹지 않고 산 사람이 있습니까?"라고 손녀가 묻자 가족은 냉랭하게 대답하지요. "정말로 먹지 않는다면 열하루나 있다가 죽겠느냐?"라고요. 결국 손녀는 열하루가 되던 날 독약을 먹고 자살합니다.

나정 헐, 진짜 어이없네. 가족이란 사람들이 뭐하는 건가요?

붕이 죽음을 방조한 것과 다름없네요. 왜 저랬대요?

쌤 실제로 조선 후기에는 남편을 따라 죽은 열녀가 많이 증가합니다. 정말로 왜 그랬을까요? 사회에서 그것을 권장했기 때문입니다. 나라에서는 이러한 여성이 나온 집안에 정려문旌閭門을 내렸습니다. 요즘도 시골 동네 어귀에 빨간색으로 된 문이 보이곤 하지요. 또한 국가에선 남은 가족의 세금을 감면해주거나 면천하는 등 특권을 부여하기도 했습니다. 여성의 정절을 통해 백성의 충성심을 확보하려는 의도였지요.

동구 아!

쌤 하지만 이러한 정책은 과부의 자살을 더욱 부채질합니다. 당시 대다수의 열녀는 평민 출신인 데다 집안도 좋지 못했습니다. 결국 이들은 사회적 분위기 때문에 그리고 가문의 부흥이나 조세 감면이라는 현실적 이익을 얻으려는 집안 식구의 암묵적 강요 때문에 자결을 택한 셈입니다.

나정 쌤! 이건 자결이 아니라 타살이에요! 타살!

붕이 아이고, 깜짝이야! 놀랐잖아.

쌤 참으로 가슴 아픈 일이지요. 어쩌면 기록에 남지 않은 것도 무수히 많을 것입니다. 마음이 착잡해질 뿐입니다. 누가 이 여성들을 죽음에 이르게 했을까요? 또 누가 이 여성들에게 '일평생 쓰라린 마음에 잠 못 이루는 고통'을 남겼을까요? 그것은 아마도 그들을 열녀라 칭송하고 본받도록 강제한 사람들, 더 나아가 그 사회 아닐까요? 여러분도 스스로 생각해보길 바랍니다. 오늘은 이것으로 마칩니다.

쌤의 한마디

"충신은 두 임금을 섬기지 않고, 열녀는 두 남편을 받들지 않는다." 춘추전국시대 제나라의 문인 왕촉王燭이 남긴 말입니다. 왕촉은 결국 연나라에 협력하길 거부하며 나무에 목을 매 자결했지요. 하지만 이 논리는 후대에 조선으로 유입되어 그 의미가 변질됩니다. '여성의 두 번째 결혼은 불충不忠과도 같은 것'으로 말이에요. 이는 이념을 통해 인간의 자연스러운 욕망을 억누른 불합리한 사례로 볼 수 있지요.

〈열녀함양박씨전〉, 그녀를 열녀로 만든 건 누구인가?

연암 박지원의 문하에 박경유朴景兪란 사람이 있었습니다. 박경유에게 누이동생이 있었는데, 동생이 남편을 따라 자결한 일이 벌어졌지요. 박지원은 이 행위를 칭송하는 글을 씁니다. 이에 박경유의 가문은 열녀가 나왔다 하여 조정의 표창을 받습니다.

그로부터 15년 뒤, 박경유의 부인은 그의 누이와 똑같은 방법으로 자결합니다. 두 여성의 죽음을 겪고 〈열부이씨정려음기烈婦李氏旌閭陰記〉를 쓰면서 박지원은 깨닫게 됩니다. 과부의 종사(從死, 따라 죽음)를 칭송한 자기 글이 다른 과부의 자살을 부추기는 원인이 될 수 있다는 사실을 말이지요.

> …… 우리나라 400년 동안 백성은 이미 수절을 미덕으로 여기는 도道에 교화되었다. 신분의 귀천이나 족벌의 높고 낮음에 관계없이 과부가 되면 수절하지 않은 자가 없으니, 마침내 풍속이 되어버린 것이다. 그래서 예부터 불렸던 소위 '열녀'라는 말이 지금의 과부들에게도 남아 있는 것이다.
>
> 촌구석의 어린 아낙이나 여염의 젊은 과부 같은 경우엔 부모가 개

가改嫁하라고 핍박하는 것도 아니고, 정직(定職, 양반 이상만 임용하는 문무 관직)에 오르지 못하는 신분이므로 자손의 벼슬길에 오점이 될 리도 없을 것이다. 그런데도 한갓 과부로 지내는 것만으로는 절개가 부족하다고 생각해 한낮의 촛불처럼 무의미하게 남편을 따라 죽기를 빈다. 강물에 몸을 던지거나, 불에 뛰어들거나, 독약을 먹고 죽거나, 목매달아 죽기를 마치 극락 땅을 밟는 것처럼 한다. 이를 열녀라고 한다면 열녀라고 할 수 있겠지만, 어찌 지나치다 하지 않겠는가.

〈열녀함양박씨전〉은 일반적인 '열녀전'과 달리 수절 과부의 현실을 상세히 보여줍니다. 그리고 그 서문에서부터 과부는 열녀가 되어야 하는 풍속과 죽음으로 몰아넣는 비인간적인 사회 모습을 비판하지요.

나이 어린 과부로서 세상에 오래 남아 있다면 친척들이 불쌍히 여기는 신세가 되고, 이웃 사람들도 망령된 생각을 할 것이라 속히 이 몸이 죽어 없어지는 것만 못하리라고 생각했으리라.

박씨의 죽음에 대해 작가는 이렇게 짐작합니다. 결국 친척의 동정과 이웃의 감시가 박씨를 죽음으로 몰아넣은 것이지요. 박씨를 비롯한 우리 옛 여성들이 겪은 비극 앞에 다만 숙연해질 따름입니다.

사람은 누구나
원하는 대로 살 자유가 있다오

<규원가>

나정 아, 쌤, 전 시간에 배운 작품 너무 안타까웠어요.

붕이 맞아요, 집에 가서도 계속 기억에 남더라고요.

동구 독수공방이나 전전반측輾轉反側 같은 말은 알고 있었는데, 실제로 과부가 된 여성들의 삶에 대해 들으니 무척 씁쓸하더라고요.

쌤 그래요. 그들은 누구나 있는 자연스러운 욕망을 억누른 채로 평생을 살아야 했지요. 때로는 사는 것조차 허락되지 못했고요. 자, 오늘 볼 작품은 아주 유명한 작품입니다. 교과서에도 많이 수록되어 있지요.

나정 아, 알아요! <규원가>.

붕이 어라, 모르겠는데? 왜 처음 보는 것 같지?

나정 난 그 이유를 알지. 국어 수업이 늘 오후에 있는데, 이땐 점심 먹은 걸 소화하느라 너의 뇌가 쉬기 때문이야!

동구 게다가 눈을 감고, 침은 조금씩 흘리면서 말이야. 크크.

붕이 야, 그래도 귀는 열려 있어서 다 듣거든?

쌤 하하, 아마 작품을 배웠다 해도 오늘 함께 살펴보면 조금 색다를 겁니다. 처음 보는 것도 물론 좋고요. 자, 먼저 작가부터 살펴보죠. 누군지 아나요?

나정 허난설헌許蘭雪軒이요!

쌤 그래요, 혹시 허난설헌에 대해 아는 게 있으면 얘기해볼래요?

나정 굉장히 똑똑했어요. 글도 많이 지었고요.

동구 〈홍길동전〉을 지은 허균許筠의 누나입니다. 강릉에 있는 생가에도 가본 적 있어요.

붕이 음, 이름이 특이해요. 멋지네요.

쌤 하하, 그래요. 허난설헌의 본명은 허초희입니다. '눈 속에 난초가 있는 집'을 뜻하는 난설헌蘭雪軒은 호號지요. 나정이가 잘 얘기했듯, 허난설헌은 재주가 뛰어났습니다. 여덟 살엔 〈광한전백옥루상량문廣寒殿白玉樓上樑文〉을 써서 신동으로 칭송되는데요, 그 후로도 1000여 편에 가까운 시문을 짓습니다. 하지만 난설헌은 자기 작품을 남기길 꺼려해 거의 다 불살라버렸고, 나중에 동생 허균이 210여 편의 시문을 수습해 『난설헌집蘭雪軒集』을 펴냅니다. 이는 중국에까지 전해져 큰 명성을 얻지요.

〈규원가〉는 '규방에서 지내는 여성의 원망을 담은 노래'인데요, 규방閨房은 조선 시대 사대부 여성이 지내던 곳이었습니다. 출가외인出嫁外人이란 말처럼, 당시에 여성은 혼인하면 남편의 가문에 속했습니다. 좋든 싫든 친정에서 떨어져 일평생을 시댁에서 지내야 했지요.

게다가 여성은 사회적 활동이 어려웠습니다. 특별할 때가 아니면 대문 밖을 나서기도 쉽지 않았지요. "여자의 목소리가 담장을 넘지 말아야 한다."라는 말처럼, 여성은 집안에서 조용히 지내며 남성의 사회 활동을 보조하는 자리에 머물러야만 했답니다. 그런 여성들에게 규방은 '나만의 방'이자 일종의 '감옥'과도 같았겠지요.

붕이 그러게요. 인터넷 연결된 컴퓨터라도 있으면 좀 버틸 만하겠는데…….

나정 어휴, 말이 되는 상상을 해라, 좀.

쌤 그래도 남편과 사랑하고 시댁과의 관계가 원활하다면 훨씬 나았겠지요. 하지만 허난설헌은 그러질 못했습니다. 난설헌은 남달랐기에 불행했습니다. 열다섯 살에 김성립에게 시집가지만, 사랑받지 못합니다. 남편은 집밖으로 나돌기 일쑤고, 시부모는 난설헌을 못마땅해했지요. 재능이 뛰어난 허난설헌이 시댁 식구들에겐 오히려 큰 부담이 되었는지도 모릅니다. 게다가 어린 자식 남매를 잃고, 배 속 아이까지 유산하면서 난설헌은 점

점 기댈 곳을 잃지요. 결국 허난설헌은 스물일곱 살이라는 젊은 나이에 세상을 뜹니다.

나정 아, 안타깝네요.

쌤 〈규원가〉의 첫 부분에선 즐거웠던 어린 시절을 떠올리며 어느새 늙어버린 자기 모습을 한탄합니다. 그러고는 잘못된 결혼에 관해 이야기를 꺼내지요. 혹시 나정이는 나중에 어떤 남자랑 결혼하고 싶나요?

나정 저요? 음……, 정말 많은데요.

쌤 하하, 괜찮아요. 말해봐요.

나정 먼저 성실하고 배려심이 넘치면 좋겠어요. 다정한 성격이라 얘기도 잘 들어주고요. 예의 있고, 착하고, 또 팔뚝에 근육이 많아서 힘도 세면 좋겠어요. 호호.

붕이 거기에다가 외모도 아주 잘생겨야겠지. 돈도 잘 벌고.

나정 물론하지!

붕이 딱 나왔네. 축하합니다. 당신의 결혼 가능성은 드디어 영 퍼센트로 수렴되었습니다.

동구 크크.

쌤 하하, 나정이는 분명 그런 남자 만날 겁니다. 허난설헌도 기대했습니다. 자신이 공후배필(公侯配匹, 높은 벼슬아치의 배필)은 되지 못하더라도 최소한 군자호구(君子好逑, 군자의 좋은 짝)가 되리라고 말이지요.

하지만 당시엔 여성이 자기 배필을 선택할 수 없었지요. 자기 재능이나 기대와는 관계없이 타의에 의해 정해질 따름이었습니다. 김성립의 집안은 좋은 편이었습니다. 조상도 여러 차례 벼슬을 했으니까요. 하지만 남편 자체는 영 아니었습니다. 김성립은 과거 시험에 연거푸 떨어지자 집을 나가 아예 들어오질 않지요.

붕이 그럼 뭘 하고 다닌 건가요?

쌤 한번 볼까요?

삼생의 원업(원망스런 업보)이요 월하(부부 인연을 맺어주는 월하노인)의 연분으로

장안 유협遊俠 경박자輕薄子를 꿈같이 만나 있어

당시에 용심(마음 쓰기)하기 살얼음 디디는 듯

……

삼삼오오 야유원에 새 사람이 나단 말가

꽃 피고 날 저물 때 정처 없이 나가 있어

백마금편으로 어디 어디 머무는고

원근을 모르거니 소식이야 더욱 알랴

인연을 그쳤은들 생각이야 없을쏘냐

쌤 '장안 유협 경박자'는 남편을 가리킵니다. '거리 이곳저곳을 떠돌아다니는 경박한 사람'을 뜻하지요. 백마금편(흰 말과 금 채찍)

으로 화려하게 꾸민 남편은 정처 없이 집을 떠나 있습니다. 야유원(기생집)에 새로운 기생이 들어와서 그럴까요? 아무런 연락도 없기에 알 수가 없습니다.

나정 아휴, 짜증 나!

붕이 깜짝이야! 얘 또 감정 이입하네.

쌤 참으로 답답하겠지요. 그런데 더 답답한 건 이 상황에서 아무것도 할 수 없는 자기 처지입니다. 방 안에서 속만 썩여야 했으니까요.

동구 그러게요. 요즘 같으면 난리 났을 텐데. 아니, 애초에 저런 남자와는 만나지도 않았을 테죠.

쌤 정말로 요즘 같았으면 난설헌은 사회에 나아가 재능을 펼쳤겠지요. 어쩌면 작가나 교수 등 커리어우먼career woman으로 활동하면서 자기 이름을 세상에 떨쳤을 겁니다. 그 사실을 알고, 그럴 능력도 있었기에 난설헌은 더욱 불행했는지 모릅니다. 허난설헌은 말했지요. "저에겐 세 가지 한恨이 있답니다. 첫째는 조선에서 태어난 것, 둘째는 여자로 태어났으나 아이를 갖지 못한 것, 셋째는 수많은 남자 중 김성립의 아내가 된 것입니다." 라고요.

어느새 창 밖에 심은 매화는 몇 번이나 피고 집니다. 겨울밤의 자국눈(겨우 발자국이 날 만큼 적게 내린 눈)과 여름날의 궂은비도 무심히 지나가지요. 봄에 피는 꽃과 버들잎을 보아도 아무런 감흥이 일지 않습니다. 난설헌은 가을 달빛 들이비추는 방 안에 앉아 한숨 쉬며 눈물 흘릴 뿐이지요.

동구 참으로 딱하네요.

난간에 비껴 서서 님 가신 데 바라보니
초로(풀잎에 맺힌 이슬)는 맺혀 있고 모운(저녁 구름)이 지나갈 세
죽림(대나무 숲) 푸른 곳에 새소리 더욱 섧다
세상에 서러운 사람 수없이 하려니와(많거니와)
박명한(운명이 기구한) 홍안(붉고 윤색이 나는 얼굴)이야 날 같은 이 또 있을까
아마도 이 님의 지위로(탓으로) 살동말동 하여라

쌤 난설헌 역시 욕망이 있었습니다. 사랑하고, 사랑받고, 이 새장 같은 곳을 벗어나 자기 재능을 펼치고 싶었겠지요. 하지만 시대는 그를 얽매었고, 가정은 그를 옥죄었습니다. 그 어떤 욕망도 펼쳐낼 수 없었어요.

작품 마지막에 난설헌은 묻습니다. 세상에 서러운 사람 많지만 나 같은 이가 있겠느냐고요. 또한 남편 때문에 살 듯 말 듯 한 처지로 전락했음을 토로하지요. 자, 난설헌이 남긴 글을 보니 어떤 생각이 드나요?

붕이 시대를 잘못 타고난 여성 같네요. 쯧쯧.

나정 그런데 그건 너무 소극적인 거 아냐? 전 그런 시대가 오지 않도록 하는 게 중요할 것 같아요.

동구 맞아, 시대와 제도가 인간의 본연적 욕망을 억누른다면 거기엔 문제가 있는 것 같아요. 인간은 누구나 원하는 대로 살 자유가 있으니까요.

쌤 그렇습니다. 우리가 〈규원가〉를 배우는 이유는 난설헌의 아픔에 공감하려는 것이기도 하지만, 그 시대를 돌아보며 앞으로 다가올 시대를 준비하려는 것이기도 합니다. 수백 년이 지난 지금은 난설헌 같은 여성이 없을까요? 글쎄요, 아직도 가부장적 이데올로기는 곳곳에 남아 있고, '유리 천장'(Glass ceiling, 여성의 고위직 승진을 막는 조직 내의 보이지 않는 장벽) 역시 존재합니다. 지구 저편에는 여성 할례, 매매혼賣買婚 등도 아직 남아 있지요. 이런 점들에 대해 여러분도 관심을 두고, 더 나은 방향으로 변화할 수 있게 노력을 계속했으면 합니다. 미래는 결국 여러분의 몫이니까요. 이것으로 모두 마칩니다.

나정 감사합니다!

쌤의 한마디

"사회의 번영이란 개인이 행복하고, 시민이 자유로우며, 나라가 강대한 것을 의미한다." 『레미제라블』로 유명한 빅토르 위고(Victor Marie Hugo, 1802~1885)가 남긴 말입니다. 어떤 사회를 평가하는 기준은 그 구성원들이 얼마나 자유롭고 행복한가입니다. 만약 그 사회의 제도와 관습이 잘못된 방식으로 인간의 욕망을 억누르고 불행을 초래한다면 절대 바람직하다고 할 수 없지요. 미래 사회의 구성원인 여러분이 꼭 기억해야 할 것입니다.

〈규원가〉,
여성 가사의 시작을 알리다

〈상춘곡賞春曲〉, 〈관동별곡關東別曲〉, 〈사미인곡思美人曲〉 등 16세기 조선 전기에는 다양한 가사 작품이 창작되었습니다. 하지만 대부분은 남성이 지은 것이었고, 여성이 창작한 것은 거의 없었지요. 이때 등장한 허난설헌의 〈규원가〉는 무척 강렬했습니다.

> 삼오 이팔(15, 16세) 겨우 지나 천연여질(타고난 아름다운 모습) 절로이니
> 이 얼굴 이 태도로 백년기약 하였더니
> 세월이 훌훌하고 조물주가 시기하여
> 봄바람 가을 달 베오리에 북 지나듯(배틀의 실 가닥 사이로 북이 빨리 지나가듯)
> 꽃같이 아름다운 얼굴 어디 가고 미운 모습 되겠구나
> 내 얼굴 내 보거니 어느 님이 날 사랑하겠는가
> 스스로 부끄러워하니 누구를 원망하리

〈원부사怨夫詞〉 또는 〈원부가怨婦歌〉라고 불리는 이 작품은 여

성의 한과 슬픔을 보여줍니다. 화자는 자기 삶에 대한 자조와 탄식, 돌아오지 않는 남편에 대한 원망, 그리움과 외로움, 자기 운명에 대한 한탄과 체념 등 여러 감정을 드러내지요. "훌륭하다. 부인의 말이 아니다.(異哉非婦人語)" 조선 중기의 학자 서애 유성룡(柳成龍, 1542~1607)은 허난설헌의 시집에 발문을 붙이며 말합니다. "허씨 집안에는 뛰어난 재주가 있는 사람이 어찌 이렇게 많으냐!"라며 감탄했지요.

참고로 규방가사는 조선 후기의 부녀자가 지어서 후대에 전해진 가사를 뜻합니다. 규중 여성의 슬픔, 고된 시집살이의 고통, 부모와 고향을 향한 그리움 등을 주로 표현했는데요, 영·정조 이후로 민간에서 널리 유행하였으며, 일반 평민이나 사대부 부녀자 사이에서도 활발히 창작되었지요.

〈규원가〉는 오랜 세월 동안 여성들에게 폭넓은 공감을 얻었습니다. 또한 후대 규방가사나 애정 가사에도 많은 영향을 끼칩니다. 눈 속에 핀 난초처럼 고된 삶을 살았던 허난설헌. 그는 가히 규방가사의 어머니라 할 수 있지요.

참고 문헌

김승우, 「〈용비어천가〉의 성립과 수용·변전 양상」, 고려대학교 대학원 국어국문학과 박사학위논문, 2010.

김용찬, 「〈용비어천가〉의 정당성 구조 분석」, 『언론사회문화』 창간호, 연세대학교 언론연구소, 1991.

김재영, 「〈한중록〉 연구: 혜경궁 홍씨의 대인관계와 내면의식을 중심으로」, 인천대학교 교육대학원 국어교육과 석사학위논문, 2003.

김혁배, 「추노계 한문단편 연구」, 『문화와융합』 제7권, 한국문화융합학회, 1986, 27~50쪽.

박희병, 『전란의 소용돌이 속에서』, 정길수 편역, 돌베개, 2007.

신동흔, 『살아있는 한국 신화: 흐린 영혼을 씻어주는 오래된 이야기』, 한겨레출판, 2014.

신향림, 「열녀전의 사회적 역할과 박지원의 〈열녀함양박씨전〉」, 『한자한문연구』 제4호, 2008, 155~186쪽.

이은희, 「〈세경본풀이〉에 나타난 트릭스터 '정수남'의 존재 양상과 의미 연구」, 『어문논집』 제56집, 2013, 233~262쪽.

이주영, 「관계 분석을 통해 본 〈양반전〉의 재해석: 양반 비판에 대한 중층의 시선」, 『어문연구』 제42권 4호, 한국어문교육연구회, 2014, 141~162쪽.

이화형, 「〈규원가〉에 나타난 여성의 존재인식」, 『국어국문학』 제116권, 1996, 305~318쪽.

정순영, 「〈양반전〉의 구조와 의미」, 울산대학교 교육대학원 국어교육과 석사학위논문, 2001.

조규태, 『용비어천가』, 한국문화사, 2010.
조상수, 「〈김효증전〉 연구」, 한국교원대학교 대학원 국어교육과 석사학위논문, 2001.
주림, 「한국 〈양산백전〉과 중국 〈양산백과 축영대〉의 비교 연구」, 대구대학교 대학원 국어국문학과 석사학위논문, 2009.
한정미, 「〈김영철전〉에 나타난 이방인의 형상」, 『이화어문논집』 제30집, 2012.
황병홍, 「〈최고운전〉에 나타난 최치원의 체제 저항과 인정투쟁」, 『문화와융합』 제38권 4호, 한국문화융합학회, 2016, 403~430쪽.

시리즈 수록 작품 목록(수록순)

사랑편

〈하생기우전〉, 『기재기이』, 신광한
〈삼선기〉, 작자 미상
〈정진사전〉, 작자 미상
〈사씨남정기〉, 김만중
〈숙영낭자전〉, 작자 미상
〈소설인규옥소선〉, 『천예록』, 임방 각색
〈홍계월전〉, 작자 미상
〈옥단춘전〉, 작자 미상
〈소대성전〉, 작자 미상
〈왕경룡전〉, 작자 미상
〈주생전〉, 권필
〈심생전〉, 『담정총서』(김려 편집), 이옥
〈방한림전〉, 작자 미상
〈조신전〉, 『삼국유사』, 일연
〈영영전〉, 작자 미상

인물편

〈각저소년전〉, 『소재집』, 변종운
〈육서조생전〉, 『추재기이』, 조수삼
〈최칠칠전〉, 『귀은당집』, 남공철
〈적성의전〉, 작자 미상
〈유효공선행록〉, 작자 미상
〈이홍전〉, 『담정총서』(김려 편집), 이옥
〈덴동어미화전가〉, 작자 미상
〈영이록〉, 작자 미상
〈금우태자전〉, 작자 미상
〈한조삼성기봉〉, 작자 미상

〈장한절효기〉, 작자 미상
〈창선감의록〉, 조성기
〈다모전〉, 『낭산문고』, 송지양
〈만덕전〉, 『번암집』, 채제공
〈최원정화풍남태설〉, 『고소설』, 작자 미상

감정편

〈통곡할 만한 자리〉, 『연암집』, 박지원
〈예성강곡〉, 작자 미상
〈강도몽유록〉, 작자 미상
〈적벽가〉, 작자 미상
〈노처녀가〉, 『가사집』, 신명균 편집
〈만언사〉, 안조환
〈숙녀지기〉, 작자 미상
〈최척전〉, 조위한
〈옥낭자전〉, 작자 미상
〈남윤전〉, 작자 미상
〈숙창궁입궐일기〉, 작자 미상
〈연당전〉, 작자 미상
〈서동지전〉, 작자 미상
〈황새결송〉, 『삼설기』, 작자 미상

욕망편

〈용비어천가〉, 『세종실록』, 성삼문 등
〈최고운전〉, 작자 미상
〈구복막동〉, 『청구야담』, 유몽인
〈양반전〉, 『방경각외전』, 박지원
〈만복사저포기〉, 『금오신화』, 김시습

〈양산백전〉, 작자 미상
〈김영철전〉,『유하집』, 홍세태
〈한중록〉, 혜경궁 홍씨
〈삼공본풀이〉, 작자 미상
〈세경본풀이〉, 작자 미상
〈김효증전〉,『육효자전』, 작자 미상
〈누항사〉,『노계집』, 박인로
〈열녀함양박씨전〉,『연암집』, 박지원
〈규원가〉, 허난설헌

• 이 책에 인용한 고전문학 문구는 참고 문헌에 나온 책과 논문을 참고했거나 저자가 직접 한글로 풀어쓴 것임을 밝힙니다.

박진형

이 시대의 전기수(책 읽어주는 사람)를 꿈꾸는 국어 교사.
고려대 국어교육과를 졸업했으며 분당에 있는 낙생고등학교에서 국어를 가르치고 있다. 쓴 책으로는『십대를 위한 고전문학 사랑방』시리즈와『물음표로 따라가는 인문고전』시리즈,『도서관 옆집에서 살기』,『얘들아! 삶은 고전이란다』가 있다. 이 책들은 2015 세종도서 및 아침독서 추천도서, 한국출판문화산업진흥원 청소년 추천도서에 선정되었다.
『중학 독서평설』과『고교 독서평설』에「진형 쌤의 고전평설」을 연재했다. 문학을 통해 아이들과 삶의 의미를 찾는 시간을 좋아한다.

drk17@hanmail.net